Klarant Verlag

AF286426

Die gebürtige Ostfriesin *Sina Jorritsma* aus der Krummhörn studierte in Hamburg Germanistik und Philosophie, bevor sie wieder in ihre Heimat zurückkehrte. Sie veröffentlicht unter Pseudonym, weil sie ihre Umgebung genau beobachtet und Ereignisse aus ihrem Leben in ihre Geschichten einfließen. Das Romaneschreiben ist ihr kleines Geheimnis, das nur wenige Menschen kennen. Bei einer großen Kanne Ostfriesentee mit Sahne und Kluntjes kann sie halbe Nächte durchschreiben, tagsüber hält sie sich mit Joggen fit. Sina Jorritsma lebt mit ihrer Familie in einem kleinen Ort bei Emden.

Sina Jorritsma

Friesenrichter

Ostfrieslandkrimi

Klarant Verlag

Kapitel 1

»Moin. Wilko Breder soll angeblich ermordet worden sein. Könnt ihr kurz vorbeikommen?«

Kommissarin Mona Sander fielen drei Dinge auf, als sie diesen Anruf von Polizeimeisterin Grietje Smit entgegennahm. Erstens schien die junge Kollegin nicht an einen gewaltsamen Tod dieses Mannes zu glauben. Das konnte Mona nicht nur aus ihrer Formulierung, sondern auch aus dem Tonfall schließen. Zweitens hatte sie keine Adresse genannt. Und drittens sprach Grietje mit gedämpfter Stimme, was für sie völlig untypisch war. Die junge Polizistin hatte zweifellos von allen Kollegen der Borkumer Dienststelle das lauteste Organ.

Mona erwiderte: »Enno und ich machen uns gleich auf den Weg. Wenn wir jetzt noch wüssten, wohin genau wir kommen sollen ...«

»Zum Haus von Wilko Breder! Weißt du vielleicht nicht, wo das ist? Ach ja, du bist ja nicht von hier. Frag deinen Kollegen, ja?«

Mit diesen Worten beendete Grietje den Telefonkontakt. Mona legte den Hörer kopfschüttelnd auf und strich ihr schulterlanges rotblondes Haar hinter das linke Ohr. Es war ein Frühlingstag Anfang April. Noch hatte die große Reisewelle nicht eingesetzt, aber auf der größten der Ostfriesischen Inseln befanden sich momentan schon wesentlich mehr Urlauber als während der stillen Wintermonate.

Oberkommissar Enno Moll blickte von seiner Computertastatur auf. Er saß an dem Schreibtisch gegenüber von Monas Arbeitsplatz und arbeitete gerade an einem Bericht.

»Was ist denn los?«, wollte er wissen.

»Laut Grietje ist ein gewisser Wilko Breder tot. Und sie hat so getan, als ob ich wissen müsste, um wen es sich handelt.«

Der große und stämmige Ostfriese hörte mit dem Tippen auf und schaute nachdenklich auf die Strandstraße hinaus. Neu angekommene Touristen bewegten sich mit ihren großen Rollkoffern vom nahe gelegenen Inselbahnhof aus an der Polizeiwache vorbei.

»So, Wilko lebt nicht mehr. Naja, er hatte ein schwaches Herz. Für die Familie tut es mir leid.«

»Also kanntest du ihn, Enno?«

»Die Breders sind eine alteingesessene Borkumer Familie«, erklärte er.

Mona stand auf und griff nach ihrem roten Windbreaker. Ansonsten war sie mit Jeans, Turnschuhen und einem hellen Baumwollpullover bekleidet. »Davon kannst du mir unterwegs erzählen, mein Lieber. Grietje hat uns als Mordermittler angefordert, obwohl sie selbst wohl nicht von einem Gewaltverbrechen überzeugt ist.«

Enno erhob sich nun ebenfalls. Der Zwei-Meter-Mann überragte seine nur eins dreiundsechzig messende Kollegin gewaltig. Mona hatte sich bereits daran gewöhnt, zu ihm aufzublicken, wenn die beiden Zivilfahnder auf Fußstreife unterwegs waren.

»So lange lebst du ja noch nicht auf Borkum, Mona. Und meines Wissens hattest du beruflich noch niemals mit Wilko zu tun.«

»Also war er ein Verbrecher?«, hakte sie nach.

»Nee, ein Richter. Wilko hatte bei zahlreichen Strafprozessen am Emder Gericht den Vorsitz. Auf dem Festland lebte er in einer kleinen Wohnung und kam an jedem Wochenende auf die Insel. Seit ungefähr einem Jahr ist er nun im Ruhestand und lebt ganzjährig auf Borkum. Sein Haus hat er geerbt, es ist seit den *goldenen Zeiten* in Familienbesitz.«

Während die beiden miteinander sprachen, verließen sie ihr Dienstzimmer und traten auf den Hof hinter der Wache hinaus. Dort stand ihr ziviles Einsatzfahrzeug mit Elektroantrieb. Borkum war im Gegensatz zu anderen Inseln nicht völlig autofrei, doch große Teile des Eilands durften aus Naturschutzgründen nicht befahren werden. Nicht nur das Auto war unmarkiert, auch die beiden Polizisten trugen keine Uniform. Enno hatte seine uralte abgeschabte Lederjacke an. Die Zeiten, wo er das Kleidungsstück über seinem imposanten Bauch hatte schließen können, waren schon lange vorbei.

Mona dachte über seine Worte nach. Sie wohnte und arbeitete erst seit einigen Jahren hier, trotzdem hatte sie schon einiges über die Inselgeschichte erfahren.

»Mit den *goldenen Zeiten* meinst du die Walfängerepoche, oder?«

Enno nickte. Er setzte sich ans Lenkrad und ließ den Motor an.

»Ja, richtig. Damals verloren viele Borkumer im Nordmeer ihr Leben, aber es wurde auch Wohlstand geschaffen. Adam Breder war damals Kapitän eines Walfangschiffs. Er verdiente auf seinen gefährlichen Reisen genug Geld, um das Haus an der Reedestraße bauen lassen zu können. Er war ein Vorfahre von Wilko.«

Der Oberkommissar fuhr los. Die Reedestraße war lang, sie verband den Fährhafen mit dem Ortskern. Das Haus des Richters konnte man nach Monas Meinung nicht als Luxusobjekt bezeichnen, obwohl es etwas größer als die benachbarten Bauten war. Es bestand aus roten Backsteinen, dem bevorzugten Baumaterial vor zweihundert Jahren. Es war im Lauf der Zeit offenbar immer wieder restauriert worden, auf jeden Fall machte es einen gepflegten und idyllischen Eindruck. Heckenrosen rankten sich neben der Tür an der Vorderwand empor. Nur der auf der Straße geparkte Streifenwagen und das Rettungsfahrzeug trübten dieses schöne Bild.

Enno brachte ihr Auto ebenfalls am Straßenrand zum Stehen. Die beiden stiegen aus. Als sie auf das Haus zugingen, wurde die Tür aufgerissen. Grietje stand vor ihnen. Die sommersprossige Polizeimeisterin musste am Fenster auf die Ankunft der Ermittler gewartet haben.

»Da seid ihr ja endlich!«, raunte sie Mona und Enno zu. »Marieke dreht schon völlig am Rad. Ich kann ja verstehen, dass der Verlust ihres Mannes ihr an die Nieren geht. Aber sie bildet sich doch tatsächlich ein, dass ihn jemand umgebracht hat!«

»Und bei einer Auseinandersetzung mit Marieke hast du bisher immer den Kürzeren gezogen«, sagte der Ostfriese zu Grietje.

»Sehr lustig, Enno! – Kommt mit. Ich will mir nicht vorwerfen lassen, die Witwe nicht ernstgenommen zu haben.«

Die Polizistin übernahm die Führung. Mona und ihr Kollege marschierten hinter ihr her. Mona rätselte, worin die Beziehung zwischen Grietje Smit und der Frau des Toten wohl bestehen mochte. Das konnte sie Enno später immer noch fragen. Die drei gingen quer durch eine Wohnstube, in der die Zeit stehengeblieben zu sein schien. Wäre der moderne Flachbildschirm nicht gewesen, dann hätte man sich in der Kulisse eines Historienfilms wähnen können. Die mit dunklem Holz getäfelten Wände gehörten ebenso in eine frühere Zeit wie die Polstermöbel mit dem hässlichen Blümchenmuster und die Ölschinken mit vergoldeten Schnörkelrahmen. Es roch nach Möbelpolitur. Die große Terrassentür war vermutlich später eingebaut worden, jedenfalls sah der Rahmen neu aus. Hinter dem Wohnraum befand sich eine kleine gepflasterte Fläche, die von einer kniehohen Hecke umfriedet wurde. Die drei traten nach draußen. Dort lag ein alter Mann leblos in einem Liegestuhl. Neben ihm kniete der Notarzt Dr. Siemers. Außerdem erblickte Mona Polizeimeister Hinderk Ekhoff, Grietjes Dienstpartner. Und sie sah eine magere ältere Dame mit grauer Dauerwelle. Sie zerknüllte ein

Stofftaschentuch zwischen ihren Fingern, ihre Augen waren feucht und gerötet.

»Und ich sage, dass Wilko umgebracht wurde!«, rief sie mit zitternder Stimme. Es hörte sich so an, als ob sie diesen Satz schon öfter von sich gegeben hätte.

Der junge kahlköpfige Mediziner erhob sich aus seiner knienden Position und trat auf die Frau zu.

»Momentan kann ich keinen Hinweis auf Fremdeinwirkung erkennen«, erklärte er. »Ihr Gatte ist ja seit Jahren wegen seiner Herzkrankheit in Behandlung. Die Symptome deuten auf einen Herzinfarkt hin.«

»Dann war der Mörder eben besonders raffiniert!«, beharrte die Witwe. Offenbar bemerkte sie die Zivilfahnder erst in diesem Moment. Sie rief: »Ah, Enno! Wie gut, dass du jetzt da bist!«

Mona wunderte sich nicht darüber, dass Frau Breder den Oberkommissar kannte. Er hatte den größten Teil seines Lebens auf Borkum verbracht und war seit einer gefühlten halben Ewigkeit bei der Polizei. Seine Kollegin hatte schon oft von seinem großen Erfahrungsschatz profitieren können. Sie schätzte seine Ruhe und seinen Gleichmut, während er ihr Temperament und ihre Spontaneität mochte. Die beiden ergänzten einander perfekt. Bevor Enno auf Frau Breder reagierte, deutete er auf Mona: »Moin, Marieke. Ich möchte dir unser aufrichtiges Beileid aussprechen. – Das ist übrigens meine Kollegin, Kommissarin Sander.«

»Moin«, sagte die Witwe und schaute die Ermittlerin einen Sekundenbruchteil lang an, bevor sie sich wieder an den Ostfriesen wandte: »Enno, du weißt doch auch, wie verhasst Wilko bei den Verbrechern war. Dass Grietje mir nicht glaubt, kann ich ja noch nachvollziehen. Sie hatte immer nur dummes Zeug im Kopf. Aber du, als ein erfahrener Kriminalist, müsstest doch den Ernst der Lage erkennen.«

Nun geschah etwas, das Mona bisher nur selten erlebt hatte. Die Polizeimeisterin, die in Hörweite stand, wurde vor Verlegenheit knallrot. Normalerweise hätte Grietje Smit sofort Kontra gegeben, denn sie war für ihr vorlautes Mundwerk berüchtigt. Doch in diesem Fall senkte sie einfach nur den Blick. Es sah so aus, als ob sie sich am liebsten in ein Mauseloch verkrochen hätte.

»Es sind einige Jahre vergangen, seit du Grietjes Klassenlehrerin warst«, gab der Oberkommissar zu bedenken, »und heutzutage ist sie eine sehr fähige Polizeibeamtin.«

Marieke Breder ließ diesen Einwand nicht gelten: »Natürlich musst du so reden, schließlich bist du ihr Vorgesetzter. Aber für mich steht fest, dass mein Mann keines natürlichen Todes gestorben ist. Er hat stets seine Herzmedikamente genommen, warum sollte er so plötzlich versterben?«

Sie kämpfte erneut mit den Tränen. Also war die Witwe Grietjes Lehrerin gewesen? Mona nahm sich vor, Enno später ausführlich darüber zu befragen. Jetzt konzentrierte sie sich zunächst auf die Leiche. Der Richter sah auf den ersten Blick aus, als wenn er nur schlafen würde. Seine Gesichtszüge wirkten entspannt, von Spuren eines Todeskampfs konnte keine Rede sein. Er trug eine Cordhose, Gartenclogs und eine karierte Strickjacke über einem offenen weißen Hemd. Die Ermittlerin schätzte ihn vom Alter her zwischen siebzig und achtzig.

»Ich habe auf dem Totenschein jetzt als Todesursache Herzversagen eingetragen«, sagte der Notarzt. Er schaute Mona irritiert an, weil sie sich über den Leichnam beugte, als ob sie ihn küssen wollte.

»Manche Gifte verströmen einen starken Geruch«, erklärte sie.

»Das ist mir bekannt«, gab Dr. Siemers frostig zurück, »und natürlich habe ich diese Möglichkeit berücksichtigt. Sie werden auch vergeblich nach Strangulationsspuren suchen. Ich mache meinen Job nicht erst seit gestern, Frau Sander.«

Der ist heute aber empfindlich, dachte sie und fragte: »Und was ist mit Stich- oder Schusswunden? Sie haben den Toten nicht ausgezogen, oder?«

»Müssten in dem Fall nicht die Textilien beschädigt sein?«, gab der Arzt gallig zurück. »Oder glauben Sie, dass der Mörder den Richter erst ausgezogen, ihn dann umgebracht und dann wieder angekleidet hat?«

»Überlassen Sie die kriminalistischen Schlussfolgerungen gefälligst uns!«, fauchte Mona. Sie konnte es nicht ausstehen, wenn jemand sich über sie lustig machen wollte. Bevor die Kommissarin es sich endgültig mit dem Arzt verderben konnte, funkte Enno schnell dazwischen.

»Wir danken Ihnen für Ihren Einsatz, Herr Dr. Siemers«, sagte der Oberkommissar schnell. »Der Totenschein ist jetzt ausgestellt, alles Weitere klären wir.«

»Nun gut, dann darf ich mich verabschieden«, gab der Mediziner kühl zurück. Dr. Siemers und die beiden Rettungssanitäter verschwanden. Die zwei Männer hatten wie Statisten danebengestanden, da für Wilko Breder ganz offensichtlich jede Hilfe zu spät kam. Als die drei verschwunden waren, holte die Witwe tief Luft und sagte: »Enno, wir kennen uns schon ein halbes Leben lang. Ich bin keine hysterische Ziege. Mein Mann wurde ermordet. Er hat mehr als genug dunkle Gestalten hinter Gitter gebracht. Und diese Kerle oder deren Verwandte und Freunde sinnen auf Rache.«

»Das alles ist für uns nachvollziehbar, Marieke«, betonte der Ostfriese. »Hat Wilko denn in letzter Zeit Todesdrohungen bekommen?«

Die Witwe hatte die Arme vor der Brust verschränkt. Sie schüttelte langsam den Kopf und sagte: »Mein Mann hat stets versucht, diese Dinge von mir und den Jungs fernzuhalten. Falls jemand es auf ihn abgesehen hatte, dann wird er dies vor uns verschwiegen haben.«

»Wissen Lennart und Harm denn schon, was mit ihrem Vater geschehen ist?«, fragte Enno.

»Nein. Ich habe meine Söhne angerufen, bei beiden springt nur die Mailbox an. Ich habe sie um Rückruf gebeten. Harm ist sowieso momentan auf dem Festland, und Lennard wollte zum Strand gehen und spätestens vor Anbruch der Dunkelheit zurückkehren.«

»Solange wir keinen konkreten Hinweis auf eine Straftat haben, können wir nicht wirklich aktiv werden«, erklärte Mona. Marieke Breder warf ihr einen strengen Blick zu. Die Kommissarin ließ sich davon nicht irritieren, schließlich war ihre eigene Mutter ebenfalls Lehrerin. Sie wusste, mit welchen Tricks diese Zunft arbeitete.

»Ich werde beweisen, dass ich recht habe«, kündigte die Witwe mit einem drohenden Unterton in der Stimme an.

»Ist jemand da, der sich um dich kümmert?«, fragte Enno besorgt.

Marieke Breder erwiderte: »Ich bin kein kleines Kind, ich komme schon zurecht. Ansonsten rufe ich gleich meine Schwester an. Und die Jungs werden auch früher oder später zurückkehren, zumindest Lennard.«

»Du kannst mich jederzeit anrufen, wenn du etwas brauchst«, sagte der Oberkommissar und gab ihr eine von seinen Visitenkarten. Ein Bestatter würde kommen und sich um die Leiche kümmern müssen, aber darüber war sich die Witwe gewiss im Klaren.

Die Polizisten in Zivil und Uniform verabschiedeten sich. Als sie draußen auf der Reedestraße standen, wedelte Mona mit der Hand – so, als ob sie sich verbrannt hätte.

»Grietje war also keine Musterschülerin? Wie kommt es, dass mich das nicht wundert?«

»Sie war der Schrecken der Inselschule«, kommentierte Hinderk Ekhoff.

»Du hältst dich da raus!«, blaffte die Polizeimeisterin ihren Dienstpartner an. »Mona, Frau Breder war mein schlimmster Alptraum! Es kann schon sein, dass ich keine Leuchte in der Schule gewesen bin – aber diese Paukerin hat mir das Leben zur Hölle gemacht. Ich schlug drei Kreuze, als sie in Pension ging.«

»Später auf der Polizeischule hast du dich ja ganz wacker geschlagen«, erinnerte Enno, »andernfalls wärst du wohl heute nicht hier.«

»Danke für die Blumen, Herr Oberkommissar«, erwiderte Grietje mit einem säuerlichen Lächeln auf den Lippen. Sie fuhr fort: »Ich bilde mir ja auch ein, dass aus mir eine brauchbare Ordnungshüterin geworden ist. Aber wenn ich Frau Breder vor mir habe, komme ich mir sofort wieder vor wie ein Totalausfall.«

»Ich kenne diese Frau überhaupt nicht«, sagte Mona. »Glaubt ihr, dass an ihren Behauptungen etwas dran ist?«

»Also, es gibt genügend Straftäter, die Wilko wegen seiner strengen Urteile blutige Rache geschworen haben«, erwiderte Enno, »doch er ist nicht erst in seinen letzten Dienstjahren ein unnachgiebiger Jurist geworden. Wenn ich es richtig sehe, dann war er immer ein harter Hund. Warum sollte also jemand so lange mit seiner Rache warten? – Wir müssen auf jeden Fall den Chef informieren, auch wenn wir jetzt noch keine Ermittlungen einleiten.«

»Das übernehmen wir«, teilte die Kommissarin den uniformierten Kollegen mit. »Ihr könnt wieder euren normalen Patrouillendienst aufnehmen. Wir halten euch auf dem Laufenden.«

»Vielleicht beruhigt sich Frau Breder ja, wenn sie den Tod ihres Ehemanns erst einmal akzeptiert hat«, meinte Polizeimeister Ekhoff. Aber es klang nicht so, als ob er an seine eigene Hoffnung glauben würde.

Während Grietje und ihr Dienstpartner auf den Borkumer Straßen wieder für Polizeipräsenz sorgten, kehrten die Kommissare zur Wache zurück. Ihr Vorgesetzter hatte sofort Zeit für sie, als er von den Ereignissen erfuhr. Die beiden nahmen auf den Besucherstühlen in seinem Arbeitszimmer Platz. Hinrich Oltbeck hörte Ennos Ausführungen zu, während er nervös mit einem Kugelschreiber spielte. Mona hielt ihren Chef für einen fantasielosen Paragrafenhengst. Der Glatzkopf war zwar stets um das Wohlergehen seiner eigenen Untergebenen und der ganzen Insel bemüht, legte aber leider bei Ermittlungen keine besondere Originalität an den Tag. Mona konnte viele erfolgreiche Verurteilungen nicht *wegen*, sondern *trotz* der Anweisungen des Hauptkommissars verzeichnen.

»Wilko Breders Tod ist eine Tragödie«, gab Oltbeck seufzend von sich, »aber wir müssen uns auf das Facharturteil des Arztes verlassen. Ich sehe keine Handhabe für eine kriminalistische Untersuchung, schon gar nicht auf bloßen Verdacht hin. Trotzdem wird Ärger auf uns zukommen.«

»Aus welchem Grund?«

»Ich kenne die Witwe, Frau Sanders! Sie hat – bildlich gesprochen – Haare auf den Zähnen und lässt sich nichts bieten. Außerdem sitzt ihr Bruder als Abgeordneter im Landtag.«

»Sie meinen, wir müssen vor politischer Einflussnahme kuschen?«, fragte Mona. Sie stellte sich absichtlich dumm, um ihren Chef aus der Reserve zu locken.

»Nun verdrehen Sie mir doch nicht das Wort im Mund, Frau Sander! Ich sagte doch gerade, dass wir keine Ermittlungen einleiten können. Aber Marieke Breder wird Mittel und Wege finden, um der Borkumer Polizei zu schaden.«

»Sie kann ja einen Privatdetektiv engagieren«, meinte die Kommissarin trocken. Sie fuhr fort: »Ich verstehe den Schmerz dieser Frau, aber auf Dr. Siemers ist Verlass. Wenn er die Symptome für einen Herzinfarkt bemerkt hat, dann muss ich mich danach richten. Ich bin ja keine Ärztin.«

»Zum Glück«, meinte Enno lächelnd und handelte sich dafür einen leichten Rippenstoß von seiner Kollegin ein.

Oltbeck öffnete den Mund. Mona rechnete schon damit, dass der Chef sie maßregeln würde. Doch bevor er etwas sagen konnte, klingelte sein Telefon. Er nahm das Gespräch an. Es dauerte nur kurz. Als er den Hörer wieder auflegte, warf er den Ermittlern einen verwirrt wirkenden Blick zu: »Frau Breder ist vorn bei den Kollegen im Wachlokal. Sie behauptet, einen Beweis für eine Mordtat gefunden zu haben.«

Kapitel 2

Die Besprechung mit dem Chef war vorerst beendet. Mona verließ Oltbecks Büro mit gemischten Gefühlen. Einerseits wollte sie natürlich keinen Verbrecher ungestraft davonkommen lassen, einen Mörder schon gar nicht. Andererseits traute sie es der Witwe durchaus zu, dass sie in ihrer verzweifelten Lage Indizien einfach erfand, um die Polizei zum Handeln zu zwingen. Und das bedeutete: Mona und Enno würden vielleicht tagelang einem Phantom nachjagen, während echte Kriminelle ungestört ihren Aktivitäten nachgehen konnten.

Marieke Breder stand vor der hölzernen Sperre, mit der im Wachlokal der Besucherbereich von den Arbeitsplätzen der Polizisten getrennt wurde. Sie trug dieselbe Kleidung wie bei der vorherigen Begegnung: Jeans, braune Sneakers und ein dunkles Sweatshirt, dessen Ärmel bis zu den Ellenbogen hochgeschoben waren. Doch nun hatte sie diese Montur durch knallgelbe Kunststoffhandschuhe ergänzt, wie man sie im Haushalt oder für die Gartenarbeit benutzt. Dies erschien nur auf den ersten Blick lächerlich. Bei genauerem Hinschauen bemerkte Mona nämlich, dass die Witwe eine Plastikhülle hochhielt. Darin befand sich offenbar ein Schriftstück. Als Ehefrau eines Strafrichters wusste Marieke Breder natürlich, dass auf Papier DNA-Reste oder Fingerabdrücke nachgewiesen werden konnten. Sie besaß offenbar keine Latexhandschuhe, wie sie zur Standardausrüstung der Polizei gehörten. Trotzdem hatte sie auf ihrer Suche nach Beweisstücken sorgfältig vermieden, eigene Spuren zu hinterlassen.

»Da bist du ja schon wieder, Marieke«, sagte Enno freundlich. »Komm doch bitte durch.«

Mit diesen Worten öffnete er die Sperre für sie und ging in das gemeinsame Dienstzimmer voran. Dann wandte er sich an Mona: »Kochst du uns bitte einen Tee?«

Die Kommissarin nickte und verschwand. Sie begriff, dass ihr Kollege sie in erster Linie aus der Schusslinie halten wollte. Monas größte Schwachstelle war ihr überschäumendes Temperament. Oftmals redete sie drauflos, ohne über die Folgen ihrer Worte nachzudenken. Und Marieke Breder war zweifellos ein Mensch, der sich auf Provokation und Herausforderung verstand. Außerdem kannte der Oberkommissar die ehemalige Lehrerin seit vielen

Jahren, zwischen ihnen herrschte gewiss ein Vertrauensverhältnis. Normalerweise ließ Enno als gebürtiger Ostfriese es sich nicht nehmen, die für ihn fast schon heilige Handlung der Teezubereitung selbst zu zelebrieren. Während Mona den Wasserkessel aufsetzte und das Pfeifen erwartete, dachte sie weiter über den Oberkommissar nach. Obwohl er schon viele Dienstjahre auf dem Buckel hatte, gehörte er nicht zu den Polizisten, die einer jungen Kollegin allenfalls das Tee- oder Kaffeekochen zutrauten. Es war zweifellos gut, dass er zunächst allein mit der Witwe sprach. Mona konnte ihre Neugier trotzdem kaum in den Griff bekommen. Sie bezwang ihre Ungeduld, indem sie besonders sorgfältig die Teetassen, den Kandis, die Sahne und das Stövchen auf einem Tablett platzierte. Sie vergaß auch ein Tellerchen mit Keksen nicht. Als das ostfriesische Lebenselixier endlich trinkbereit war, ging Mona mit dem Tablett in den Händen zu ihrem Dienstzimmer hinüber.

Schweigend – was so gar nicht ihre Art war – servierte sie den Tee. Dabei entging ihr nicht, dass Enno bereits Latexhandschuhe übergezogen hatte und das Blatt Papier aus der Plastikhülle genau untersuchte.

»Das musst du dir anschauen, Mona«, murmelte er.

»Du gibst etwas auf das Urteil deiner Assistentin?«, fragte die Witwe schnippisch.

Bevor die Kommissarin ausflippen konnte, bekam Marieke Breder von Enno die passende Antwort: »Wir beide sind ein Team, und deine Bemerkung war absolut unpassend. Viele Mordfälle, die wir gelöst haben, sind auf Monas Ansätze zurückzuführen. Wir betreiben hier keine Machtspiele, sondern erledigen unsere Aufgaben. Und dabei spielt es keine Rolle, dass ich zufällig einen höheren Dienstrang habe als meine Kollegin!«

Die Witwe schien zu begreifen, dass sie den Ostfriesen gerade gegen sich aufbrachte. Und dies konnte sie nicht gebrauchen, wenn sie den Fall gelöst haben wollte.

»Es tut mir leid«, murmelte Marieke Breder in Monas Richtung.

Die Ermittlerin glaubte ihr nicht. Selten hatte für sie eine Entschuldigung so unaufrichtig geklungen. Es war nicht das erste Mal, dass es zwischen Mona und einer anderen Frau so etwas wie Abneigung auf den ersten Blick gab. Die Kommissarin kämpfte ihren Ärger nieder und fragte: »Hat mein Kollege sich schon danach erkundigt, wann genau Ihr Ehemann tot aufgefunden wurde?«

14

»Das war um kurz nach zehn Uhr, Frau Sander. Ich war einkaufen gewesen und rief zur Terrasse hinüber, ob Wilko etwas zum Trinken haben wollte. Ich konnte sehen, dass er draußen saß. Die Terrassentür stand halb offen. Er antwortete nicht. Da dachte ich, er sei wieder eingeschlafen. Manchmal fand er nachts kaum Ruhe. Ich ging nach draußen, um nach ihm zu sehen. Da … war er schon kalt.«

Ihre Augen wurden feucht. In diesem Moment tat die Witwe Mona leid. Vielleicht war Marieke Breders Unfreundlichkeit ja ihre Art, mit dem Schmerz des Verlustes umzugehen? Mona hatte trotzdem keine Lust, als Blitzableiter zu dienen.

»Wie lange sind Sie fort gewesen?«, fragte die Kommissarin. Sie hatte bereits damit begonnen, sich Notizen zu machen.

»Vielleicht zwanzig Minuten oder eine halbe Stunde. Ich bin mit dem Fahrrad zum Discounter gefahren, habe dort meine Wocheneinkäufe geholt. Danach kehrte ich zurück. Als ich losfahren wollte, habe ich eine Nachbarin getroffen und mich ein paar Minuten mit ihr unterhalten. – Ihr müsst mein Alibi doch bestimmt überprüfen.«

Nun erwies es sich als Vorteil, dass diese Frau mit einem Richter verheiratet gewesen war. Die meisten Personen fielen aus allen Wolken, wenn sie nach dem Tod eines ihnen nahestehenden Menschen plötzlich selbst angeben mussten, wo sie zur Tatzeit gewesen waren. Marieke Breder hingegen wusste wahrscheinlich, dass die meisten Tötungsdelikte nicht von Unbekannten, sondern von engen Verwandten oder Freunden des Opfers begangen wurden.

»Wie heißt denn die Nachbarin?«, warf Enno ein.

»Annegret Schaller. Sie wohnt drei Häuser weiter an der Reedestraße und ist eine Zugezogene – so wie Sie, Frau Sander.«

Diese Spitze hatte die Witwe sich nicht verkneifen können. Mona lebte inzwischen schon einige Jahre auf Borkum. Doch sie wusste, dass sie für viele Einheimische immer eine Fremde bleiben würde – selbst wenn sie bis zu ihrer Pensionierung auf der Insel verweilte. Doch diese Aussicht trug sie mit Fassung. Die Insulaner wussten nämlich im Grunde, dass der Alltag des Eilands ohne Verstärkung vom Festland nicht zu stemmen wäre.

Falls es als wirklich einen Mord gegeben hatte, musste er zwischen neun und zehn Uhr begangen worden sein. Mona überschlug die Angaben. Mit dem Rad hätte sie selbst knapp zehn Minuten vom Haus der Breders bis zum Supermarkt benötigt. Da die Witwe erheblich älter als die Kommissarin war, konnte man bei ihr vielleicht eine

Viertelstunde ansetzen – also dreißig Minuten für Hin- und Rückweg. Wenn dann noch der Einkauf selbst und das Schwätzchen mit Frau Schaller hinzukamen, war eine Stunde durchaus realistisch.

Ennos Stimme riss Mona aus ihren Überlegungen: »Ich habe Marieke gefragt, ob Wilko sich in letzter Zeit verändert hätte, ängstlich oder gereizt gewesen sei. Das verneinte sie.«

Die Witwe ergänzte: »Den Drohbrief habe ich im Schreibtisch meines Mannes gefunden. Das Kuvert fehlt leider, also gibt es keinen Poststempel. Auf dem Schrieb selbst ist kein Datum aufgeführt. Daher kann ich beim besten Willen nicht sagen, wann Wilko diese Drohung bekommen hat. Das kann vor drei Tagen ebenso geschehen sein wie vor drei Jahren.«

»Ich würde eher von drei Tagen ausgehen«, meinte Mona. »Es kommt mir unwahrscheinlich vor, dass jemand einen solchen Brief verschickt und dann ein paar Jahre mit der Tatausführung wartet. Es sei denn, der Täter wollte sein späteres Opfer in Sicherheit wiegen. Aber wozu dann überhaupt das Anschreiben, das man ja auch als Warnung verstehen könnte?«

»Darüber sprechen wir später«, meinte der Ostfriese und wandte sich nun wieder an Marieke Breder: »Mit deinem Einverständnis werde ich um eine Obduktion des Leichnams im gerichtsmedizinischen Institut Oldenburg bitten. Je eher wir die Todesursache endgültig geklärt haben, desto schneller wird uns die Ermittlung des Schuldigen gelingen.«

»Ja, das muss unbedingt sein«, lautete die Antwort. »Auch wenn mir nicht wohl bei dem Gedanken ist, dass Wilko so einfach aufgeschnitten wird.«

»Ich habe noch eine Frage«, sagte Mona und fuhr an die Witwe gewandt fort: »Ist es Ihre feste Gewohnheit, morgens einkaufen zu gehen – vielleicht sogar an bestimmten Tagen? Und saß Ihr Ehemann öfter allein um diese Uhrzeit auf der Terrasse? Dort konnte er vom Täter leicht überrumpelt werden.«

»Ja, ich gehe meist vormittags zum Discounter, weil dann die Warteschlangen nicht so lang sind«, gab Marieke Breder zu. »Und Wilko war ein richtiger Frischluftfanatiker. Er setzte sich nach dem Frühstück immer gern ein Stündchen nach draußen, selbst bei miesem Wetter. Wenn jemand unser Haus über mehrere Tage hinweg im Auge behielt, wäre das leicht festzustellen gewesen.«

»Was ist eigentlich mit deinen Söhnen?«, hakte der Oberkommissar nach. »Wohnen Lennart und Harm noch bei euch?«

»Teilweise, Enno. Harm hat voriges Jahr geheiratet und lebt jetzt auf dem Festland, in Aurich. Er kommt nur gelegentlich am Wochenende nach Borkum, weil er stiller Teilhaber vom *Hummerhafen* ist. Da schaut er dann nach dem Rechten und bespricht sich mit seinem Geschäftspartner. Lennart hingegen wohnt eigentlich noch bei uns in der Reedestraße, hält sich allerdings oft bei seiner Freundin auf. Ich konnte meine beiden Söhne heute noch nicht erreichen und warte auf ihren Rückruf.«

Mona kannte den *Hummerhafen* nur von außen, das moderne Nobelrestaurant an der Süderstraße war nicht für ihre Gehaltsklasse geeignet. Sie fand es allerdings seltsam, dass Harm und Lennart sich nicht bei ihrer Mutter meldeten. Immerhin waren inzwischen seit dem Leichenfund schon einige Stunden vergangen.

»Der Täter könnte herausgefunden haben, dass Ihr Mann allein im Haus war«, dachte die Kommissarin laut nach, »oder er ist das Risiko eingegangen.«

»Enno wird die Wahrheit schon ans Licht bringen«, erwiderte Marieke Breder und schaute Mona herausfordernd an.

Natürlich braucht er dafür meine Unterstützung nicht, ich bin ja völlig unfähig, dachte Mona grimmig.

»*Wir beide* werden mit Hochdruck ermitteln«, betonte der Ostfriese und schaute seine Kollegin an. »Das wäre für den Moment alles, Marieke. – Nein, eine Frage habe ich noch: Wie heißt eigentlich Lennarts Freundin?«

»Das weiß ich nicht.«

Mit diesen Worten verließ die Witwe das Dienstzimmer der Kommissare. Wenig später sahen sie Marieke Breder draußen vorbeigehen. Sie bewegte sich auf den Inselbahnhof zu, wo stets einige Taxis standen. Mona vermutete, dass sie sich zurück zu ihrem Haus kutschieren lassen wollte.

»Du willst jetzt bestimmt den Drohbrief sehen«, vermutete Enno.

»Richtig getippt, ich platze schon fast vor Neugier.«

»Das kann ich nicht riskieren«, erwiderte er schmunzelnd. Seine Kollegin kam zu ihm herüber und legte eine Hand auf seine Schulter. Er gab ihr die Plastikhülle mit dem Blatt Papier. Darauf stand nur ein Satz, offenbar per Computer geschrieben:

»DU BIST TOT, RICHTER!

Kapitel 3

Mona schaute sich die Nachricht genauer an. Das Papier entsprach der normalen Qualität, wie man sie bei vielen Geschäftsbriefen oder offiziellen Mitteilungen antraf. Um recyceltes Altpapier schien es sich nicht zu handeln.

»Ich sehe hier kein Wasserzeichen, aber das wäre wohl zu schön gewesen, um wahr zu sein«, meinte die Kommissarin, während sie das Blatt gegen das Licht hielt.

»Nee, mit dem Papier kommen wir nicht weiter«, sagte Enno. »Höchstens der Computer, auf dem die Zeilen geschrieben wurden, könnte uns zum Verfasser führen. Aber wenn ich einen Drohbrief schreiben müsste, würde ich das bestimmt nicht auf meinem eigenen PC tun.«

»Du bist ja auch intelligent, was man von vielen Ganoven nicht behaupten kann, mein Lieber. – Ich halte es jedenfalls nicht für schlau, wenn der Mörder sein zukünftiges Opfer durch so eine Nachricht faktisch vorwarnt. Wenn ich so eine Tat begehen wollte, würde ich wie ein Blitz aus heiterem Himmel zuschlagen. Ich habe einen ganz anderen Verdacht.«

»Nämlich?«, fragte Enno.

»Ich würde mich nicht wundern, wenn die Witwe diesen Brief selbst geschrieben hätte!«, sagte die Kommissarin. Es entstand eine kurze Gesprächspause.

»Das ist eine schwere Anschuldigung«, gab Enno zu bedenken, aber dann fügte er hinzu: »Ehrlich gesagt traue ich Marieke eine solche Aktion ebenfalls zu. Sie wollte auf Biegen und Brechen eine polizeiliche Ermittlung anschieben. Nun, das ist ihr gelungen. Wir werden dieses Papier vom kriminaltechnischen Labor Oldenburg analysieren lassen. Außerdem hoffe ich auf das Ergebnis der Obduktion. Wenn sich herausstellt, dass der Richter wirklich ohne Fremdeinwirkung an einem Herzinfarkt verstorben ist, können wir die Akte endgültig schließen.«

»Und bis dahin müssen wir ermitteln«, stellte Mona fest und griff zum Telefonhörer.

»Wen rufst du an?«

»Das Gericht in Emden. Sie sollen uns eine Aufstellung der Strafprozesse schicken, bei denen Breder in den Jahren vor seiner

Pensionierung den Vorsitz hatte. Und dann gehen wir die verurteilten Täter nach und nach durch. Oder siehst du eine andere Möglichkeit?«

»Nein, das ist ein guter Ansatz«, meinte Enno. »Außerdem sollten wir uns in der unmittelbaren Umgebung des Hauses umhören. Vielleicht haben Nachbarn ein Fahrzeug oder eine Person bemerkt, die man sonst dort nicht antrifft. Und du willst bestimmt mit der Nachbarin reden, die Mariekes Alibi bestätigen soll.«

»Ja, darauf kannst du wetten«, erwiderte Mona. Sie fuhr fort: »Ich denke nicht, dass die Witwe etwas mit dem Tod ihres Mannes zu tun hat. Dennoch erscheint mir ihr Verhalten merkwürdig. Ich habe ihr nichts getan, trotzdem behandelt sie mich wie ihre Feindin. Oder muss ich ihr alles nachsehen, weil sie in Trauer ist?«

Der Ostfriese schüttelte den Kopf. Die beiden verließen wieder die Polizeiwache, um Richtung Reedestraße zu fahren. Als sie im Auto saßen, sagte Enno: »Ich glaube, Marieke hat grundsätzlich etwas gegen junge Frauen. Das war auch schon so, als ihr Mann noch gelebt hat. An Grietje hat sie kein gutes Haar gelassen – und du kannst auch nicht damit rechnen, von ihr respektiert zu werden. Daher wundert es mich nicht, dass Marieke den Namen von Lennarts Freundin nicht kannte. Der Junge wird sie vor seiner Mutter verstecken, um ihr Demütigungen und Verachtung zu ersparen.«

»Wie reizend!«, gab Mona ironisch zurück. »Kennst du den Grund für diese Abneigung?«

»Nein. – Da vorn wohnen übrigens die Schallers.«

Die Kommissare hatten die kurze Strecke von der Dienststelle zu ihrem Fahrtziel bereits zurückgelegt. Das Haus, in dem Annegret Schaller lebte, war wesentlich kleiner als das der Breders. Außerdem schien es nicht so alt zu sein. Mona schätzte, dass es in den Fünfzigerjahren des vorigen Jahrhunderts errichtet worden war.

»Annegrets Mann arbeitet auf der Fähre, er wird jetzt nicht daheim sein«, erklärte der Oberkommissar, während er an der Tür klingelte. Wenig später wurde von einer blonden Frau Mitte vierzig geöffnet. Enno zeigte seinen Dienstausweis.

»Moin, Annegret. Erinnerst du dich noch an mich? Ich bin Enno Moll von der Polizei. Das ist meine Kollegin Mona Sander. – Dürfen wir kurz reinkommen?«

»Ich hab euch beide schon mehrmals zusammen im Ort gesehen«, sagte die Frau und wandte sich an Mona: »Ich kenne deinen Kollegen, weil er vor ein paar Jahren den Diebstahl unseres Rasenmähers aufgeklärt hat.«

»Das war nicht schwer«, gab Enno schmunzelnd zurück, »obwohl ich die Täter leider nie ermitteln konnte. Ich tippe auf irgendwelche Saufnasen. Sie haben den Rasenmäher einfach mitgenommen und in die Hopp geworfen. Ich musste ihn nur aus dem Wasser fischen.«

Frau Schaller führte die Ermittler in ihre Küche. »Ich habe gerade Tee gekocht«, verkündete sie, »und ihr müsst unbedingt von meinem Rosinenstollen probieren.«

Ennos Augen leuchteten. Man konnte ihm ansehen, wie sehr er leckeres Essen zu schätzen wusste. Die beiden nahmen in der Sitzecke Platz. Mona sagte: »Wir wollen Sie nicht lange aufhalten. Uns geht es um die Bestätigung einer Aussage.«

Schnell stellte sich heraus, dass die Witwe die Wahrheit gesagt haben musste. Frau Schaller bestätigte die längere Plauderei mit Marieke Breder. Enno machte sich über den Rosinenstollen her, und die Zeugin wurde neugierig: »Was ist denn eigentlich geschehen? Vorhin standen ja ein Polizeiauto und ein Rettungswagen vor dem Haus der Breders. Hat Wilkos Herz Schwierigkeiten gemacht?«

»Er ist leider verstorben, es besteht die Möglichkeit eines Gewaltverbrechens«, sagte Mona.

Frau Schaller war sichtlich geschockt. »Das ist ja furchtbar!«, stieß sie hervor.

»Noch wissen wir nichts Genaues, darum sammeln wir Informationen«, erklärte die Kommissarin. Sie fragte: »Ist Ihnen in letzter Zeit hier in der näheren Umgebung etwas Ungewöhnliches aufgefallen? Vielleicht ein Fahrzeug, das Sie keinem Nachbarn zuordnen konnten?«

»Ein Stück weiter südlich gibt es zwei Ferienhäuser, da sind natürlich immer Autos mit auswärtigen Nummernschildern«, antwortete die Zeugin, »aber die stehen auf den Grundstücken, weil die Häuser über Carports verfügen.«

Mona nahm einen Schluck Tee und hakte nach: »Also haben Sie keine fremden Fahrzeuge bemerkt?«

»Ich habe nicht darauf geachtet«, gab Frau Schaller zu.

Die Kommissarin schaute sie prüfend an. Die Zeugin wirkte verlegen. Es war, als ob sie etwas sagen wollte, aber sich nicht richtig traute. »Sie können völlig offen sein«, ermutigte Mona sie. »Und wenn Sie uns etwas mitteilen möchten, können Sie sich auf unsere Diskretion verlassen.«

Frau Schaller schaute Enno hilfesuchend an.

»Erzähl uns einfach, was du weißt«, meinte er kauend, »und der Rosinenstollen ist übrigens ausgezeichnet.«

»Vielen Dank. – Ich will nicht als Tratschtante gelten, aber vorgestern ging ich in der Abenddämmerung mit meinem Hund am Haus der Breders vorbei. Da hörte ich, wie sich zwei Männer gegenseitig anschrien.«

»Ist es denn sicher, dass es sich um Männer handelte?«, wollte Mona wissen.

»Ja, es waren eindeutig keine Frauenstimmen«, antwortete Frau Schaller.

Hatte sich der Richter mit einem seiner Söhne gestritten? Oder gab es einen Zwist zwischen den Brüdern, bevor einer von ihnen aufs Festland gefahren war? Natürlich gab es auch die Möglichkeit, dass ein Fremder in den Streit verwickelt war.

»Konntest du denn hören, worum es ging?«

»Nein, Enno. Ich bin auch nicht stehen geblieben. Niemand soll denken, dass ich mich für die Angelegenheiten anderer Leute interessiere.«

Mona machte sich fleißig Notizen. Sie konnte immer noch nicht einschätzen, ob sich in der Reedestraße wirklich ein Verbrechen ereignet hatte. Aber wenn tatsächlich ein Mord geschehen war, durfte man den Täter vielleicht nicht nur zwischen den von Richter Breder verurteilten Ganoven suchen. Die Ermittler sprachen noch eine Weile mit Frau Schaller, aber weitere Angaben konnte die Zeugin nicht machen.

Mona trank ihren Tee aus und erhob sich, bevor Enno zu einem weiteren Stück Rosinenstollen greifen konnte: »Vielen Dank für die Informationen. Wenn wir noch weitere Fragen haben, melden wir uns.«

»Ich kann mir nicht vorstellen, dass die Söhne von Herrn Breder etwas mit seinem Tod zu tun haben«, sagte die Nachbarin zum Abschied, »das sind nämlich ganz prachtvolle Jungs.«

Darauf erwiderten die Ermittler nichts. Als sie wieder im Auto saßen, meinte Mona: »Ich vermute ganz stark, dass du Harm und Lennart ebenfalls kennst.«

»Mehr oder weniger«, erwiderte der Ostfriese. »Beide sind auf Borkum geboren und aufgewachsen. Als es dann um das Thema weiterführende Schule ging, hat ihr Vater sie auf ein Internat auf dem Festland geschickt. Es war sein Wunsch, dass Harm und Lennart Jura studieren, so wie er selbst. Daraus ist allerdings nichts geworden.«

»Und womit verdienen die Söhne sich nun ihre Brötchen?«, wollte die Kommissarin wissen.

»Harm ist Geschäftsmann, Genaueres weiß ich auch nicht. Du hast ja gehört, dass er Mitinhaber vom *Hummerhafen* ist. Und dieses Restaurant ist eine Goldgrube, wenn man den Inselgerüchten Glauben schenken darf. Ich selbst bin allerdings noch nie drin gewesen. – Apropos: Was hältst du von einer Mittagspause?«

»Du bist doch unverbesserlich«, lachte Mona und kniff ihm spielerisch in die Wange. »Du hast doch gerade Rosinenstollen gemampft.«

»Das war ja höchstens etwas für den hohlen Zahn«, behauptete Enno und strich sich über seinen runden Bauch. Die Kommissare fuhren zunächst zur Polizeistation zurück und gingen dann zu Fuß Richtung Franz-Habich-Straße. In der Fußgängerzone befand sich der *Knurrhahn*. In diesem beliebten Fischimbiss aßen sie meist zu Mittag. Sie hatten Glück, denn obwohl die Inselbahn wieder einen Schwung frisch angekommener Touristen ins Ortszentrum gebracht hatte, fanden sie noch einen freien Stehtisch. Mona wollte einen Neptunsalat, während ihr Kollege sich für Seelachsfilet mit Pommes Frites entschied. Während sie auf ihr Essen warteten, tranken sie alkoholfreies Bier.

»Was für ein Mensch war Breder eigentlich?«, wollte die Kommissarin wissen.

Enno antwortete: »Ich würde ihn am ehesten als pflichtbewussten Beamten bezeichnen. Privat hatte ich nie viel mit ihm zu tun. Ich musste ein oder zwei Mal in Emden als Zeuge bei seinen Prozessen aussagen. Das war, bevor du nach Borkum versetzt wurdest.«

»Deshalb weiß ich also nichts darüber.«

Der Ostfriese sagte: »So ist es. – Breder war für seine Strenge bekannt, er hat gewiss härtere Urteile gefällt als manche seiner Kollegen. Deshalb würde ich aber nicht behaupten, dass er gefährdeter war als andere Richter. Manche Ganoven rasten ja schon aus, wenn sie zu einer Bewährungsstrafe verurteilt werden.«

»Da hast du auch wieder recht, mein Bester.«

Die beiden ließen sich nun zunächst ihr Essen schmecken. Nachdem sie die Mahlzeit beendet und gezahlt hatten, kehrten sie zu ihren Arbeitsplätzen zurück. Inzwischen hatte das Emder Gericht eine Liste mit Urteilen gemailt, die Breder in den letzten Jahren gefällt hatte.

»Das sind ja ganz schön viele!«, bemerkte die Kommissarin seufzend. »Wir sollten zunächst die Fälle herausfiltern, wo die Straftäter noch hinter Schloss und Riegel sitzen.«

»Obwohl es vorstellbar wäre, dass ein Verwandter oder enger Freund den Rächer spielen will«, gab ihr Kollege zu bedenken.

»Das stimmt natürlich, mein Lieber. Vielleicht behalten wir uns diese Möglichkeit für den zweiten Schritt vor, wenn die Suche nach den Haftentlassenen keine vielversprechenden Spuren bietet.«

Damit war der Oberkommissar einverstanden. Die Nachmittagsstunden vergingen mit zahlreichen Telefonaten. Es war schon fast Feierabend, als Mona auf einen gewissen Sören Reep stieß. Dieser Mann war wegen seiner Beteiligung an einem Raubüberfall zu einer Haftstrafe verurteilt worden, die vor einem Jahr endete. Mona rief seinen Bewährungshelfer an, stellte sich mit Namen und Dienstgrad vor.

»Sie haben Glück, dass Sie mich noch erwischen«, lautete die Entgegnung, »mein Dienst endet nämlich in wenigen Minuten.«

Meiner auch, dachte die Ermittlerin. Sie sagte: »Ich will Sie nicht lange aufhalten. Es geht mir um Sören Reep, wir benötigen eventuell eine Aussage von ihm. Können Sie mir sagen, wo er sich momentan aufhält?«

Der Bewährungshelfer antwortete: »Ich will nicht hoffen, dass er wieder mit dem Gesetz in Konflikt gekommen ist. Seine Sozialprognose war nämlich sehr positiv. Herr Reep hatte damals Geldsorgen, der Raubüberfall war eine Dummheit. Das Urteil ist sehr hart ausgefallen, das kann man nicht anders sagen. Doch im Gegensatz zu vielen meiner anderen Kunden hat Herr Reep einen richtigen Beruf gelernt, nämlich Koch. Schon wenige Wochen nach seiner Haftentlassung konnte er eine neue Stellung als Beikoch antreten.«

»Und wo genau?«, hakte Mona nach.

»Im Restaurant *Hummerhafen* auf Borkum.«

Kapitel 4

Die Kommissarin musste ziemlich verblüfft ausgesehen haben, als sie sich bedankte und das Telefonat beendete. Enno sprach sie an, nachdem er sein eigenes Gespräch mit einem anderen Bewährungshelfer zu Ende gebracht hatte.

»Konntest du etwas herausfinden, Mona?«

Sie lächelte und erwiderte: »Hast du heute Abend schon etwas vor? Wenn nicht, dann gehen wir beide endlich mal in den *Hummerhafen* – allerdings nicht privat, sondern in dienstlicher Mission.«

Sie berichtete kurz, was sie soeben erfahren hatte.

»Und du glaubst, dass Oltbeck uns ein Spesenessen in diesem Nobelschuppen bewilligt?«, fragte der Ostfriese ungläubig.

»Nee, so naiv bin ich nicht. Ich dachte auch nicht, dass wir dort spachteln, sondern direkt in die Küche marschieren und das Alibi des Beikochs abklopfen.«

»Das ist gut, denn die Portionen im Hummerhafen sollen ja angeblich sowieso ziemlich mickrig sein«, meinte Enno. »Ich gebe nur eben Birte Bescheid, dass es bei mir heute später wird.«

Nachdem der Oberkommissar seine Frau informiert hatte, machten sie sich auf den Weg. Von der Polizeistation aus war es nur ein kurzer Spaziergang bis zu dem Spitzenrestaurant in der Süderstraße. Während sie am Friedhof und der Feuerwache vorbeigingen, ließ Mona ihre Gedanken schweifen. Aus Richtung Nordsee wehte ihnen eine frische Brise direkt in die Gesichter. Die Kommissarin fragte sich, ob ein aus dem Strafvollzug entlassener Koch wirklich seine Anstellung in einem so renommierten Restaurant riskieren würde, um Rache für ein vor Jahren gefälltes Urteil zu nehmen. Es war, als ob Enno ihre Gedanken gelesen hätte.

»Kennst du eigentlich Michael Kohlhaas, Mona?«

»Ist das auch ein Täter, den Breder hinter Gitter gebracht hat?«

Der Oberkommissar lachte und erwiderte: »Kohlhaas ist der Antiheld einer Geschichte von Heinrich von Kleist. Die mussten wir vor ewigen Zeiten mal in der Schule lesen, aber sie spukt mir immer noch durch den Kopf. – Es geht um einen Pferdehändler, der von einem Adligen ungerecht behandelt wurde. Daraufhin strebt er nach Gerechtigkeit um jeden Preis, woraufhin er sein eigenes Leben komplett ruiniert.«

»Ich muss wohl mal was für meine Bildung tun«, meinte seine Kollegin. Sie fuhr fort: »Dann denkst du, dass es bei unserem Koch Sören Reep ähnlich war?«

»Zumindest wäre es möglich, dass er sich ungerecht abgeurteilt fühlte und deshalb die Gelegenheit zur Rache nahm. – Allerdings steht nach wie vor die Frage im Raum, auf welche Art und Weise der Mord begangen wurde. Ich halte nämlich grundsätzlich sehr viel von Dr. Siemers' Urteil. Es ist kaum vorstellbar, dass er so heftig danebengehauen hat.«

Mona sagte: »Es wird sich hoffentlich bald herausstellen, ob sich der Beikoch in einen Racheengel verwandelt hat.«

Mit diesen Worten betrat sie das Restaurant. Der *Hummerhafen* verfügte über große Panoramafenster, durch die man einen schönen Blick auf die Dünen und die Strandpromenade hatte. Die weißen Tischdecken und die modernen Designermöbel schufen eine Atmosphäre, die für den Geschmack der Kommissarin viel zu gehoben war. Mona und Enno waren kaum eingetreten, als sie von einer Kellnerin mit weißer Bluse, ebensolcher Schürze, schwarzer Hose und roter Weste abgefangen wurden. Die Dame lächelte professionell. Doch ihr Blick sagte deutlich, dass derart leger gekleidete Personen wie die beiden Ermittler hier nicht erwünscht waren.

»Guten Abend. Sie haben reserviert?«, fragte die Angestellte mit gedämpfter Stimme.

»Moin.« Mona sprach bewusst ein wenig zu laut, während sie gleichzeitig ihren Dienstausweis zeigte. »Ich bin Kommissarin Sander, das ist Oberkommissar Moll. Wir sind von der Borkumer Polizei und müssen dringend mit Sören Reep sprechen.«

Einige Gäste blickten von ihren Aperitifgläsern und Vorspeisentellern auf. So früh am Abend war das Lokal noch nicht gänzlich ausgebucht. Doch die Ermittlerin konnte sich lebhaft vorstellen, dass ihr Erscheinen der hochnäsigen Bedienung nicht recht war.

»Ich fürchte, dies wird nicht möglich sein«, sagte die Dame. »Herr Reep arbeitet.«

»Und ich fürchte, dass unser aktueller Fall keine Verzögerung zulässt«, entgegnete Mona. Sie marschierte einfach an der Kellnerin vorbei und steuerte auf die Schwingtüren neben der Cocktailbar zu. Enno folgte ihr. Aus dem Augenwinkel bemerkte die Kommissarin, dass die Angestellte sie am liebsten aufgehalten hätte. Doch ihr fiel offenbar kein Weg ein, dies möglichst unauffällig zu tun. Ein Kellner mit der gleichen Montur wie seine Kollegin stieß von innen die Türen auf und eilte mit einem vollbeladenen Tablett in der Hand an Mona vorbei. Sie nickte ihm zu und trat in die Küche. Dort war es erheblich heißer und feuchter als im Gastraum, worüber sie sich nicht wunderte. Ihr Beruf hatte sie schon öfter in Restaurantküchen geführt. Nach Monas Erfahrung spielte es keine Rolle, ob in einem Lokal einfache Kost oder Gourmet-Gaumenfreuden serviert wurden. Die Arbeit des Küchenpersonals war in jedem Fall stressig und sehr anstrengend. Die Köche und Gehilfen warfen ihr erstaunte Blicke zu. Das Fett in den Pfannen zischte, die stählernen Kasserollen und Töpfe verursachten Geklapper, wenn sie bewegt wurden. Und auch die Spüler konnten ihrer Arbeit nicht geräuschlos nachgehen. Mona hielt ihren Ausweis hoch und rief, um den Lärm zu übertönen: »Reep, Sie haben jetzt eine kurze Pause. Wir müssen miteinander reden!«

Ein bulliger Kerl mit Kochjacke und rasiertem Schädel kam ihr entgegen. »Was soll der Mist?«, fauchte er. »Wollen Sie, dass ich meinen Job verliere?«

Die Kommissarin nannte ihren und Ennos Namen. Dann sagte sie: »Es ist wichtig, andernfalls würden wir Sie nicht bei der Arbeit stören. Wir brauchen eine Zeugenaussage von Ihnen.«

Reep presste die Lippen aufeinander. Ob er überlegte, wie er die Ermittler abwimmeln konnte? Offenbar fiel ihm keine Lösung ein. Er wandte sich an einen massigen Kerl, der ebenfalls eine Kochjacke trug sowie einen goldenen Ring im linken Ohrläppchen hatte: »Gib mir bitte fünf Minuten, Freddy!«

»Das geht in Ordnung«, lautete die gönnerhafte Antwort. »Lutz wird sich inzwischen um die Petersilie kümmern, verstanden?«

Der Verdächtige machte eine knappe Kopfbewegung, und die Kommissare folgten ihm nach draußen. Sie traten durch den Personaleingang in die kühle Abendluft hinaus. Nach dem Essensgeruch in der Restaurantküche empfand Mona die salzige Brise als ganz besonders angenehm. Sie kam sofort zur Sache: »Sagt Ihnen der Name Wilko Breder etwas?«

Reep hatte die Hände in seine Hosentaschen geschoben. Falls er Raucher war, wollte er die Arbeitsunterbrechung offenbar nicht nutzen, um einen Glimmstängel durchzuziehen. Der Ermittlerin kam es allerdings nicht so vor, als ob er ein Nikotinfan wäre. Einen solchen erkannte sie meist an dem unverkennbaren Gestank von kaltem Zigarettenqualm.

»Breder? Hab ich noch nie gehört«, behauptete der Beikoch. Sein Gesichtsausdruck zeigte keine Emotion, weder Abneigung noch Hass. Das musste nichts bedeuten. Mona führte sich vor Augen, dass dieser Mann jahrelang im Strafvollzug gewesen war. Dort lernte man, seine wahren Emotionen zu verbergen, um keine Schwäche zu zeigen. Außerdem: Falls er wirklich der Mörder des Richters war, hatte er genug Zeit gehabt, sich auf einen Besuch durch die Polizei vorzubereiten – so wie ein Schauspieler, der eine neue Rolle einübt.

Die Kommissarin beschloss, den Stier bei den Hörnern zu packen. Erstens hatte sie nur ein paar Minuten Zeit für die Befragung. Und zweitens verabscheute sie es, wenn jemand sie hinter das Licht führen wollte.

»Verschaukeln können wir uns allein!«, blaffte sie. »Wilko Breder war der Name des Richters, der Sie wegen des Raubüberfalls verurteilt hat.«

»Er ist tot«, ergänzte Enno.

Nun begann Reeps rechtes Augenlid zu zucken. Das war nach Monas Meinung ein nervöser Tick, den man gewiss nicht simulieren konnte. In diesem Moment schien es ihr, als ob Breders Ableben wirklich eine Neuigkeit für Reep wäre.

»Oh, das … wusste ich nicht. Und was wollen Sie von mir?«, stammelte er.

Mona sagte: »Vielleicht wurde der Richter ermordet. Und wir können uns vorstellen, dass Sie nicht gerade gut auf ihn zu sprechen sind.«

Der Verdächtige lachte.

»Halten Sie diese Unterhaltung für einen schlechten Witz? Wir können auch gern auf dem Revier weiterreden«, wütete sie.

»Entschuldigen Sie, Frau Sander. – Ich hatte den Namen des Richters wirklich verdrängt, ob Sie es glauben oder nicht. Und ich bin ihm sogar dankbar für sein Urteil.«

»Das müssen Sie uns erklären«, bat der Oberkommissar.

Reep erwiderte: »Es ist ganz einfach. Bevor ich auf die schiefe Bahn geriet, machte ich eine Ausbildung in einem zweitklassigen Hotelrestaurant in der tiefsten Provinz. Nach meiner Entlassung aus dem Knast hat mein Bewährungshelfer sich richtig für mich ins Zeug gelegt. Und der Besitzer vom *Hummerhafen* gibt gern Leuten eine

Chance, die es im Leben schwer hatten. Unser Chefkoch zum Beispiel war früher spielsüchtig und hat einen Haufen Schulden. Und die Spülkraft ist ein trockener Alkoholiker. Ich durfte hier zur Probe arbeiten, und dann bekam ich gleich die Festanstellung. Für einen Kerl wie mich ist es ein Traum, in so einem Spitzenrestaurant arbeiten zu dürfen. Es klingt seltsam, aber ohne meine Haftstrafe wäre ich vielleicht nie hier gelandet.«

Diese Erklärung kam Mona einleuchtend vor. Für ihren Geschmack sogar ein wenig zu plausibel.

»Wo waren Sie heute Morgen zwischen neun und zehn Uhr?«, fragte sie.

»Im Bett, und zwar allein. Wir arbeiten bis nach Mitternacht, dann müssen wir noch aufräumen. Zum Glück haben wir nur Abendgeschäft, sonst würde man das nicht durchhalten. – Hören Sie, ich muss wieder rein.«

Die Kommissarin ließ sich noch Reeps Mobilnummer geben. Und sie gab ihm ihre eigene Visitenkarte.

»Sie können mich jederzeit anrufen, wenn Ihnen noch etwas einfällt. Wir melden uns, falls es weitere Fragen gibt«, sagte sie zum Abschied.

»Warum hätte ich den Richter töten sollen? Es ging mir noch nie so gut.«

Mit diesen Worten kehrte Reep an seinen Arbeitsplatz zurück. Die Ermittler zogen es vor, nicht erneut durch die Küche und den Gastraum zu gehen. Sie umrundeten das Lokal von außen.

»Lass uns über die Promenade zurückgehen«, bat Mona, »ich will die Abendstimmung genießen, wo wir schon mal hier sind.«

Enno war damit einverstanden. Sie schlenderten auf dem breit ausgebauten Weg vorbei am Nordsee Aquarium. Etliche Touristen saßen auf den Ruhebänken und schauten aufs Meer hinaus, andere gingen oder liefen unten an der Brandung entlang.

»Ich finde es gut, wenn ein ehemaliger Strafgefangener die Rückkehr ins normale Leben schafft«, stellte die Ermittlerin klar, »aber mir kamen Reeps Worte zu glatt vor.«

»Es könnte stimmen, denn Lars Mohl ist für seine soziale Ader bekannt«, gab Enno zu bedenken.

»Ist das der Inhaber vom *Hummerhafen*?«

»Richtig, Mona. Er lebt erst seit einigen Jahren auf Borkum, hat früher als Entwicklungshelfer in Afrika gearbeitet. Viel Geld konnte er nicht aufbringen, deshalb gab es bei der Restauranteröffnung jede Menge Verwunderung – und auch etliche Neider. Wenn Wilkos Sohn Harm und vielleicht noch einige andere Geschäftsleute Geld in das Projekt gesteckt haben, erklärt das so einiges.«

»Und gerade dieser Zusammenhang muss uns doch stutzig machen, mein Lieber! Glaubst du an einen Zufall – daran, dass der ehemalige Knastbruder ausgerechnet in dem Restaurant arbeitet, an dem der Sohn seines Richters finanziell beteiligt ist?«

Der Oberkommissar schüttelte den Kopf und antwortete: »Nee, das erscheint mir äußerst unwahrscheinlich. Wir sollten Mohl morgen früh gleich als Erstes auf den Zahn fühlen.«

»Ja, damit bin ich einverstanden. Und ich möchte wissen, ob die Witwe inzwischen Kontakt mit ihren Söhnen hatte. – Am besten sprichst du mit Marieke, Enno. Ich will ihr nicht zumuten, sich mit einer jungen Frau wie mir abgeben zu müssen.«

»Das lässt sich einrichten«, erwiderte der Ostfriese schmunzelnd.

Die beiden gingen noch ein Stück weit die Promenade hoch und kehrten dann durch die Bismarckstraße zur Polizeistation zurück. Dort verabschiedeten sie sich voneinander. Mona hätte jetzt per Rad zu ihrer Wohnung in der Walfangerstrate fahren können, aber sie änderte ihre Absicht. Sie beschloss, noch einen kleinen Umweg in Kauf zu nehmen und die Reedestraße auf Höhe des Breder-Hauses in Augenschein zu nehmen. Inzwischen war es zwar ziemlich finster, aber sie wollte sich dort einfach noch einmal umsehen. Die Befragung der übrigen Nachbarn war unergiebig gewesen. Außer Frau Schaller hatte niemand einen brauchbaren Hinweis liefern können. Und ob die Zeugin wirklich einen Streit gehört hatte, stand auf einem ganz anderen Blatt. Vielleicht war bei den Breders einfach nur der Fernseher mit großer Lautstärke gelaufen.

Die Kommissarin bog von der Süderreihe in die Reedestraße. Nach Einbruch der Dunkelheit herrschte auf der vielbefahrenen Verbindungsachse zwischen dem Hafen und dem Ortskern nur noch wenig Straßenverkehr. Die letzte Fähre des Tages hatte bereits abgelegt, die nächste Transportmöglichkeit zum Festland bestand erst wieder am nächsten Morgen. Die Reedestraße war nachts gut beleuchtet, jedenfalls für Borkumer Verhältnisse. Daher konnte Mona schon von Weitem eine Gestalt bemerken, die vor dem Haus des Toten stand und es anstarrte. Im Wohnzimmer brannte Licht. Die Ermittlerin konnte sich vorstellen, dass die Witwe noch keinen Schlaf fand.

Vielleicht waren auch die Söhne inzwischen zurückgekehrt und saßen noch mit ihrer Mutter zusammen.

Wer war die unbekannte Person? Diese Frage beschäftigte Mona momentan am stärksten. Im Näherkommen bemerkte sie, dass es sich um eine Frau handeln musste. Die Gestalt trug ein knielanges graues Wollkleid, dazu eine Wildlederjacke und Stiefeletten. Ihr blondes Haar fiel stufig geschnitten bis auf die Schultern. Noch hatte sie die Kriminalistin nicht bemerkt. Mona machte nicht den Fehler, die Frau zu unterschätzen. Es konnte sein, dass sie eine Waffe in ihrer Umhängetasche hatte. Und die Dienstpistole der Kommissarin befand sich auf der Wache, wo sie diese vorhin eingeschlossen hatte. Es war durchaus möglich, dass Breders Mörderin vor ihr stand. Die Frau drehte erst ihren Kopf in Monas Richtung, als die Ermittlerin lautstark bremste. Sie befand sich jetzt noch drei oder vier Schritte weit von der Verdächtigen entfernt. Mona stieg ab und lehnte das Rad gegen den Zaun. Sie wollte die Hände frei haben, falls es zu einer plötzlichen Attacke kam.

»Moin! Treten Sie bitte ins Licht. Darf ich fragen, was Sie hier machen?«

Während Mona diese Worte aussprach, musterte sie die Blonde im fahlen Licht der Straßenlaterne. Kurz zuvor hatte die Kommissarin nur die Konturen der Unbekannten wahrgenommen. Beim Näherkommen bemerkte sie Einzelheiten. Schätzungsweise war die schlanke und dezent geschminkte Frau zwischen Mitte und Ende zwanzig.

»Das geht Sie gar nichts an, finde ich«, lautete die patzige Antwort.

Mona zeigte ihren Dienstausweis und sagte: »Ich bin Kommissarin Sander von der Polizei Borkum. Dies ist eine allgemeine Personenkontrolle. Können Sie sich legitimieren?«

»Ist das die Art, wie auf dieser Insel harmlose Touristinnen empfangen werden?«, stichelte die Fremde. Immerhin öffnete sie ihre Umhängetasche. Mona spannte ihre Muskeln an und bereitete sich darauf vor, gleich eine Pistole oder ein Messer vor die Nase gehalten zu bekommen. Sollte dies geschehen, musste sie ihre Gegnerin blitzschnell zu Boden bringen und entwaffnen. Doch dies geschah nicht, denn die Blonde überreichte der Kriminalistin nur ganz brav ihren Personalausweis.

Die Ermittlerin trat einige Schritte zurück und rief die Kollegin von der Nachtschicht an: »Aiske, ich brauche bitte eine POLAS-Abfrage zu Christina Völler, geboren in Dortmund.«

Sie nannte außerdem noch das genaue Geburtsdatum und die Meldeadresse. Polizeimeisterin Berend antwortete schon wenig später: »Ich habe zu der Person keinen Eintrag finden können.«

»Ich danke dir, wir sehen uns morgen.«

Mona beendete das Telefonat und gab der Blonden ihren Ausweis zurück. Aber so leicht wollte sie Christina Völler nicht davonkommen lassen: »Sie gehen also spazieren, indem Sie dieses Haus betrachten? Gibt es dafür einen bestimmten Grund?«

»Nein, den gibt es nicht, Frau Sander. Die Umgebung ist neu für mich. Ich bin zum ersten Mal in meinem Leben auf Borkum. Und auch zum letzten Mal, wenn man hier so behandelt wird.«

»Eine Personenkontrolle dient der allgemeinen Sicherheit«, sagte Mona in ihrem besten Amtsdeutsch. Sie fügte hinzu: »Ich wünsche Ihnen noch einen schönen Abend.«

Sie griff sich ihr Rad und fuhr davon. Die Kommissarin glaubte, die Blicke der Verdächtigen in ihrem Rücken zu spüren. Natürlich hätte Mona Christina Völler noch intensiver befragen können, aber wozu? Sie war hundertprozentig sicher, dass diese Frau sie angelogen hatte und gezielt im Schutz der Dunkelheit das Haus des Richters ausspähte. Doch jetzt hatte die Polizei ihren Namen. Mona beschloss, sich am nächsten Tag intensiver mit dieser Frau zu beschäftigen.

Kapitel 5

Der siebte April begann mit einem herrlichen Sonnenaufgang über der Nordsee – und mit einer Überraschung.

»Du rätst nie, wer gerade angerufen hat«, sagte Enno zur Begrüßung, als Mona ihr gemeinsames Arbeitszimmer betrat.

Sie warf ihm einen fragenden Blick zu. »Ich bin heute nicht in der Stimmung für ein Quiz, mein Bester. Also lässt du am besten gleich die Katze aus dem Sack.«

»Lars Mohl hat einen Einbruch in sein Privathaus gemeldet«, berichtete der Oberkommissar. »Wir sollten gleich hinfahren und uns den Tatort genauer anschauen.«

»Ich bin dabei«, erwiderte Mona. Sie hatte sich gar nicht erst hingesetzt. Enno zog seine uralte Lederjacke an, und die beiden verließen die Polizeistation. Die Kommissarin dachte laut nach: »Breder stirbt, wir befragen einen Ex-Strafgefangenen und bei dessen Arbeitgeber steigt jemand ein. Ich müsste mich schon sehr stark irren, wenn diese Ereignisse nicht miteinander zusammenhängen.«

»Wir wollten Mohl ja heute sowieso befragen«, erwiderte Enno gelassen.

»Dich kann wohl nichts aus der Ruhe bringen, oder?«, meinte Mona.

»Doch, wenn ich nichts zu essen bekomme.«

Die Ermittler lachten, wurden aber gleich wieder ernst. Sie stiegen in ihren Dienstwagen. Der Besitzer des *Hummerhafens* wohnte am Barbaraweg, nur einen Steinwurf weit vom Insel-Camping entfernt. Mohl lebte in einem modernen Apartmenthaus. Mona wusste, dass die Objekte in solchen Gebäuden meist als Kapitalanlage gekauft und an Feriengäste vermietet wurden. Dass jemand ganzjährig dort wohnte, war gewiss eher die Ausnahme als die Regel. Auf dem Weg zu ihrem Fahrtziel berichtete sie ihrem Kollegen von der abendlichen Begegnung mit Christina Völler.

»Diese Frau kam dir also verdächtig vor?«, vergewisserte Enno sich.

»Du sagst es, mein Lieber. Dir ist doch die Reedestraße bekannt. Würdest du als Tourist ausgerechnet vor dem Haus der Breders herumstehen und es minutenlang in Augenschein nehmen?«

»Ich weiß nicht, Mona. Es fällt mir schwer, mich in einen Inselbesucher hineinzuversetzen. Borkum ist meine Heimat, ich kenne hier jede Düne und jeden Pflasterstein. – Wenn Frau Völlers Verhalten dir auffällig vorkam, wirst du schon deine Gründe dafür haben. Auf dein kriminalistisches Gespür hast du dich bisher doch meist verlassen können.«

Die Kommissarin war insgeheim erleichtert, weil der Ostfriese ihr den Rücken stärkte. Auf dem Heimweg am Vorabend hatte sie zeitweilig an sich selbst gezweifelt. Vielleicht war Christina Völler ja wirklich harmlos und hatte mit den Ereignissen um die Familie Breder nicht das Geringste zu tun. Und doch war es der Ermittlerin so vorgekommen, als ob diese Frau etwas zu verbergen hatte.

Nun mussten sich die beiden zunächst auf Mohl konzentrieren. Enno klingelte bei dem Restaurantbesitzer, nachdem er einen Parkplatz gefunden hatte. Eine Männerstimme drang aus der Gegensprechanlage: »Ja, bitte?«

»Moin, hier ist die Polizei.«

Gleich darauf wurde der Summer betätigt. Die Kommissare stiegen ins erste Stockwerk hoch. Lars Mohl war ein schlanker und athletischer Mann, den Mona auf Anfang bis Mitte vierzig schätzte. Sein gebräunter Teint zeugte davon, dass er sich viel im Freien aufhielt. Seine Kleidung bestand aus einer grauen Cargohose und einem hellen Baumwollpullover. Die Ermittler nannten ihre Namen und zeigten ihre Dienstausweise.

»Treten Sie doch bitte näher«, sagte Mohl. Er wirkte nicht besonders beunruhigt. Nach Monas Erfahrung reagierten Menschen höchst unterschiedlich, wenn jemand bei ihnen eingebrochen war. Manche hatten große Angst, andere blieben ziemlich unbeeindruckt – vor allem, wenn die Diebe nichts zerstört und nur wenige Dinge entwendet hatten.

Die Wohnung war hell und großzügig geschnitten. Die gesamte Westseite des größten Raums bestand aus einem Fenster sowie einer Balkontür. Auf diesem Weg musste der Täter eingedrungen sein. Selbst auf die Entfernung konnte man gut erkennen, dass die Tür aufgehebelt worden war. Die Ermittler zogen sich Latexhandschuhe über.

»Wann haben Sie den Einbruch bemerkt?«, wollte Enno wissen.

»Vor ungefähr einer halben Stunde«, lautete die Antwort. »Ich hatte geschlafen und bin dann unter die Dusche gegangen. Als ich wieder herauskam, fiel mir auf, dass es im Wohnsalon recht frisch war. Dabei war ich sicher, gestern Abend die Fenster und die Balkontür überall geschlossen zu haben. Ich kann nicht gut einschlafen, wenn der Wind so ums Haus heult.«

»Also hatte der Einbruch noch nicht stattgefunden, als Sie gestern ins Bett gegangen sind?«, vergewisserte Mona sich.

»Das ist korrekt. Ich bin Gastronom und kam erst gegen ein Uhr morgens aus meinem Lokal. Mir gehört der *Hummerhafen*. – Der Täter muss hier gewesen sein, während ich geschlafen habe.«

»Sie wirken nicht besonders beunruhigt«, stellte die Kommissarin fest. »Andere Opfer von Straftaten ängstigt der Gedanke, dass Verbrecher zeitgleich mit ihnen selbst in ihrem Zuhause waren.«

»Das kann ich verstehen, Frau Sander. Bei mir ist es allerdings so, dass ich früher in der Entwicklungshilfe tätig war und in armen Ländern viele gefährliche Situationen durchstehen musste. – Ich bin ja unverletzt geblieben. Und der Täter hat auch keine Verwüstungen hinterlassen.«

»Haben Sie schon einen Überblick, was Ihnen gestohlen wurde?«, fragte Enno.

Während Mohl mit den Kommissaren sprach, zeigte er ihnen die übrigen Räume seiner Wohnung. Es gab ein kleines Schlafzimmer sowie unmittelbar daneben einen Raum, den er als Büro eingerichtet hatte. Dort stand ein Schreibtisch, es gab auch ein Aktenregal. »Wie Sie sehen, fehlt mein Notebook, auf dem ich die gesamte Buchhaltung für meinen Gastrobetrieb mache. Das wäre eine Katastrophe, wenn ich die Daten nicht regelmäßig als Backup in einer Cloud abspeichern würde. So gesehen muss ich nur das Gerät selbst ersetzen.«

Mona hatte bereits die Balkontür untersucht. Sie wollte der Kriminaltechnik nicht vorgreifen, aber nach ihrer Einschätzung war ein normaler Schraubendreher oder ein ähnliches Werkzeug zum Einbrechen verwendet worden. Da die Fensterscheiben heil geblieben waren, hatte die Tat wahrscheinlich kaum Geräusche verursacht. Leider war nachts ein Regenschauer niedergegangen, wodurch kaum die Hoffnung bestand, auf dem Balkon verwertbare Spuren zu finden. Die Kommissarin trat an die Brüstung. Es war ein Irrtum von Laien, dass die Bewohner von höheren Stockwerken vor Einbrechern sicherer wären als Erdgeschossmieter. Sie selbst hätte es sich zuge-traut, an dieser Fassade hochzuklettern. Auf jeden Fall musste der Täter eine gewisse Kraft und Kondition besitzen.

»Wer kann ein Interesse an Ihrem Notebook haben?«, fragte sie den Gastronomen direkt. Mohl blinzelte. »Wie meinen Sie das, Frau Sander? Glauben Sie, dass ich gezielt bestohlen wurde?«

Mona antwortete: »Zumindest können wir diese Möglichkeit nicht ausschließen. – Übrigens waren wir gestern bereits dienstlich in Ihrem Lokal. Es ging um Sören Reep. Wo haben Sie sich eigentlich aufgehalten?«

Die Kommissarin konnte sich nicht daran erinnern, den Gastrono-men im *Hummerhafen* gesehen zu haben, als sie das Restaurant und die Küche durchquert hatte. Natürlich war es möglich, dass er sich ausgerechnet in dem Moment in einem der anderen Räume aufgehalten hatte. Es entging ihr jedenfalls nicht, dass ihre Frage ihm unangenehm zu sein schien.

»Äh, ich war draußen, um ungestört zu telefonieren. Als ich wieder hereinkam, hörte ich von meinem Chefkoch, dass Sie mit Herrn Reep sprechen wollten. Darf ich fragen, worum es ging?«

War Mohls Aussage glaubwürdig? Mona und Enno hatten das Gebäude ja selbst verlassen, um dem Ex-Strafgefangenen auf den Zahn zu fühlen. Hinter dem *Hummerhafen* hatten sie keine andere Person gesehen. Andererseits war es möglich, dass der Lokalbesitzer hinter einer der Ecken gestanden hatte und somit von den Ermittlern nicht gesehen werden konnte. Mona zog jedenfalls ihr Notizbuch hervor und schrieb: *Mohls Verbindungsnachweise checken!*

Enno erklärte: »Wir benötigten einige Angaben von Sören Reep. Wilko Breder ist tot. So hieß der Richter, der ihn vor einigen Jahren ins Gefängnis gebracht hat.«

»Ah, ich verstehe!«, sagte Mohl. »Und nun glauben Sie, dass mein Beikoch etwas damit zu tun hat? Herr Breder war doch herzkrank, wenn ich richtig informiert bin.«

»Sie kannten ihn offenbar«, stellte die Kommissarin fest.

»Wilko Breder und ich sind einander nur einmal begegnet, Frau Sander. Wie Sie vielleicht schon herausgefunden haben, ist sein Sohn Harm ein stiller Teilhaber meines *Hummerhafens*. Ohne ihn würde es dieses Projekt gar nicht geben, denn mein Eigenkapital war eher bescheiden. Harm ist der Mann mit dem Geld, der die Investitionen erst ermöglichen konnte. – Und dass Sören Reep an

Wilko Breders Tod Schuld haben könnte, halte ich für nahezu unmöglich.«

»Warum?«, wollte Mona wissen.

»Harm war es, der mich dazu drängte, Sören Reep als Beikoch einzustellen – und zwar, weil sein Vater es sich ausdrücklich gewünscht hatte!«

*

Mit dieser Neuigkeit hatte die Ermittlerin nicht gerechnet. Und ihrem Kollegen ging es genauso. Sein rundes Gesicht drückte Erstaunen aus. Der Gastronom fuhr fort: »Übrigens habe ich diese Entscheidung niemals bereut. Reep gehört zu meinen fleißigsten Mitarbeitern. Ich beschäftige vorzugsweise Menschen, die es im Leben nicht immer leicht gehabt haben. Manche von ihnen brauchen eine längere Anlaufzeit, bis sie volle Leistung zeigen können. Aber Reep bewegt sich im *Hummerhafen* wie ein Fisch im Wasser. Ich hoffe, dass er mir noch sehr lange erhalten bleibt.«

Die Kommissarin schrieb sich eine neue Frage auf, die sie Harm Breder stellen wollte. Ob der pensionierte Richter seinem Sohn verraten hatte, warum ihm eine Beschäftigung des Ex-Straftäters so wichtig gewesen war?

Mona konzentrierte sich zunächst wieder auf den Einbruch.

»Enthält das gestohlene Notebook Daten, die für Außenstehende interessant sein könnten, Herr Mohl?«

»Ich weiß es nicht, Frau Sander. Es gibt einen Ordner, der die Namen und Adressen sowie Bankverbindungen meiner Mitarbeiter beinhaltet. Und – wie gesagt – stehen dort auch meine aktuellen Einnahmen und Ausgaben verzeichnet. Aber wer sollte damit etwas anfangen können? Die Steuerfahndung? Diese Herren werden wohl kaum bei mir einbrechen. Oder ein Konkurrent? Ich will nicht eingebildet klingen, aber im gehobenen Preissegment steht der *Hummerhafen* auf Borkum ziemlich allein da.«

Auch Mona fiel momentan kein überzeugendes Motiv für den Diebstahl des tragbaren Computers ein. So ein kleines Notebook ließ sich problemlos in einem Rucksack verstauen, und der Fassadenkletterer konnte sich unbemerkt wieder entfernen. Wenn der Täter wusste, wo genau er suchen musste, hatte er innerhalb von fünf Minuten seine Aktion beenden können.

Enno ließ Mohl die Strafanzeige wegen des Einbruchs unterschreiben. Die Kommissarin erfragte seine Mobilnummer.

»Vielen Dank, dass Sie so schnell erschienen sind«, sagte der Gastronom zum Abschied. »Ich hoffe, Sie bald als Gäste im *Hummerhafen* begrüßen zu können.«

»Ja, wenn ich im Lotto gewinne«, sagte Mona, als die beiden wenig später ins Auto stiegen und außer Hörweite waren.

Enno lachte. »Was denkst du über Mohl?«, wollte er wissen.

»Ich weiß nicht so recht, was ich von ihm halten soll, mein Lieber. Einerseits ist es sehr löblich, dass er gestrauchelten Menschen eine Chance in seinem Betrieb gibt. Wobei solche Leute sich wahrscheinlich an jeden Strohhalm klammern und bis zum Umfallen schuften. So ganz uneigennützig ist das also auch nicht. – Und andererseits kommt es mir so vor, als ob er uns wichtige Dinge verschwiegen hat.«

Der Ostfriese entgegnete: »Der Chef würde jetzt sagen: ›Dafür gibt es nicht den geringsten Beweis, Frau Sander.‹«

»Wie gut, dass du nicht Oltbeck bist, Enno! – Nein, ernsthaft: Mohl hat uns – wahrscheinlich ungewollt – ein überzeugendes Motiv dafür geliefert, warum sein Beikoch sehr wohl den Richter umgebracht haben könnte.«

»Ich bin ganz Ohr«, gab der Oberkommissar zurück.

Mona fuhr fort: »Warum hat Wilko Breder seinen Sohn dazu gebracht, für Reep ein gutes Wort einzulegen? Aus purer Menschenfreundlichkeit? Das wäre möglich. Man könnte sich aber auch vorstellen, dass der pensionierte Richter irgendwie herausgefunden hat, dass er Reep damals zu Unrecht verurteilt hatte. Er konnte ein Fehlurteil nicht mehr ungeschehen machen. Sein Ehrgefühl ließ es vielleicht nicht zu, dass er sich diesen Patzer eingestand. Trotzdem plagte ihn sein Gewissen. Er wusste aus den Prozessakten, dass Reep ursprünglich Koch gelernt hatte. Was für ein grandioser Zufall, dass der Sohn des Richters stiller Teilhaber eines Restaurants war! Also zog Wilko Breder im Hintergrund ein paar Fäden, um dem unschuldig Verurteilten einen guten Neustart zu ermöglichen.«

»Falls deine Annahmen stimmen, wäre der damalige Raubüberfall ja noch gar nicht aufgeklärt und der wahre Täter würde sich auf freiem Fuß befinden«, stellte Enno klar. Nach kurzem Zögern fügte er hinzu: »Wenn Reep wirklich unschuldig war, hätte er doch über seinen Anwalt eine Revision des Urteils beantragen können.«

»Vielleicht hat er das ja getan, wer weiß?«, meinte Mona. »Ein unschuldig Verurteilter hat jedenfalls ein starkes Mordmotiv.«

»Und über ein Alibi für die Tatzeit verfügt Reep auch nicht«, erinnerte der Oberkommissar. »Jetzt müssen wir nur noch in Erfahrung bringen, ob Wilko Breder wirklich eines unnatürlichen Todes gestorben ist.«

»Ja, das wäre hilfreich«, erwiderte seine Kollegin seufzend.

Kapitel 6

Enno rief bei der Witwe an. Inzwischen waren beide Söhne bei ihr eingetroffen und hatten die Todesnachricht bekommen. Bevor die Kommissare wieder zur Reedestraße fuhren, machten sie noch einen Abstecher zur Touristinformation. Mona wollte in Erfahrung bringen, ob Christina Völler wirklich als Urlauberin auf der Insel weilte. Es stellte sich heraus, dass sie am zweiten April angereist war und ein Zimmer im *Hotel Teutonia* gebucht hatte. Das war ein großer Beherbergungsbetrieb mit heller Fassade, den es seit der Kaiserzeit gab. Genau wie die anderen Hotels an der Jann-Berghaus-Straße bot das *Teutonia* einen Panoramablick auf die Promenade, den Strand und die Nordsee.

»Was hast du eigentlich wegen Christina Völler vor?«, wollte Enno wissen. »Denkst du, dass diese Person in Wilkos Tod verwickelt ist?«

»Vielleicht geht ja die Fantasie mit mir durch, mein Bester – aber hast du dir mal überlegt, dass Mariekes Abneigung gegen junge Frauen einen handfesten Grund haben könnte? Vielleicht war ja ihr Ehemann ein heimlicher Schürzenjäger. Und die nächtliche Spaziergängerin ist zweifellos ebenfalls weiblichen Geschlechts und hat noch nicht viele Lenze auf dem Buckel.«

»Das hätte ich auch nicht schöner formulieren können«, gab der Ostfriese schmunzelnd zurück. Er fügte hinzu: »Und deine Annahme ist durchaus plausibel. Mir ist zwar nicht bekannt, dass Wilko sich als Don Juan betätigt hätte, aber das muss nichts heißen. Wer auf Borkum ein Geheimnis hüten will, muss dabei allerdings ganz besonders umsichtig vorgehen. Wir sind eben nur eine kleine Insel weit draußen im Meer, wo jeder jeden kennt.«

»Das gilt zumindest für die ständigen Einwohner«, schränkte seine Kollegin ein. Sie schlug außerdem vor: »Wie wäre es, wenn ich mit Lennart spreche und du mit Harm? So sparen wir Zeit. Außerdem wissen wir nicht, ob die Brüder vielleicht Geheimnisse voreinander haben. Sie könnten offener sein, wenn der jeweils andere nicht dabei ist.«

Enno schien die Idee zu gefallen, jedenfalls war er einverstanden. Wenig später parkte er den Dienstwagen vor dem Haus des Richters. Als die Witwe den Kommissaren die Tür öffnete, trug sie Trauer. Ihr Hosenanzug war ebenso schwarz wie ihre hochgeschlossene Bluse.

»Ich bringe euch einen Tee«, sagte sie mit tonloser Stimme. »Harm und Lennart sind im Wohnzimmer.«

»Wir möchten Ihre Söhne getrennt voneinander befragen«, erklärte Mona.

Marieke Breder blickte nicht die Ermittlerin, sondern ihren Kollegen an. Offenbar wollte sie Mona immer noch wie Luft behandeln. »Soll das bedeuten, dass du meine Söhne verdächtigst, Enno?«

»Wir wollen einfach so viele Informationen wie möglich sammeln, das ist alles«, gab der Ostfriese ruhig zurück.

Die Kommissarin hatte den festen Vorsatz, sich von der schroffen Art der Witwe nicht aus dem Gleichgewicht bringen zu lassen. Sie betrat den altmodisch eingerichteten Raum, in dem zwei Männer mit ausdruckslosen Mienen nebeneinander auf dem Sofa saßen. Einer von ihnen kam ihr bekannt vor. »Moin, ich bin Kommissarin Sander von der Borkumer Polizei. Wir möchten Ihnen unser aufrichtiges Beileid aussprechen. – Herr Breder, können wir bitte unter vier Augen miteinander reden – vielleicht in Ihrem Zimmer?«

Der Mann mit den schulterlangen blonden Locken blickte auf und nickte. Sie hatte sich an denjenigen gewandt, den sie für jünger hielt. Obwohl es eine unverkennbare Familienähnlichkeit zwischen den Gesichtern der beiden Anwesenden gab, unterschieden sich die Brüder ansonsten deutlich voneinander. Während Harm in seinem dunkelgrauen Geschäftsanzug auf der Ferieninsel deplatziert wirkte, konnte der sonnengebräunte Lennart mit seinen knielangen Shorts und dem orangefarbenen T-Shirt als unbeschwerter Surfer durchgehen. Mona registrierte, dass bei ihm kein sichtbares Zeichen für den erlittenen Verlust erkennbar war. Harm hatte immerhin eine schwarze Krawatte umgebunden und einen kleinen Trauerflor an seinem Revers befestigt. Verfügte Lennart über keine passende Kleidung oder ließ ihn der Tod seines Vaters völlig kalt? Oder gab es einen anderen Grund für seine unpassende Montur, den die Kommissarin noch nicht durchschaute?

Lennart stand auf und sagte: »Ja, das können wir machen. – Kommen Sie mit.«

Der junge Mann erhob sich von der Couch und erklomm die steile Treppe zum ersten Stockwerk. Mona registrierte, dass Marieke Breder ihnen einen missbilligenden Blick zuwarf.

Die denkt wahrscheinlich, dass ich mit ihrem Söhnchen ungestört knutschen will, dachte die Ermittlerin spöttisch. Abgesehen davon, dass Mona mit Jan Lummer liiert war und es ihr momentan nur um die Lösung des Falls ging, entsprach Lennart überhaupt nicht ihrem bevorzugten Typ Mann. In jedem Fall konnte es aufschlussreich sein, sich seine Bude anzuschauen. Die Kommissarin betrat die kleine Kammer mit den Dachschrägen – und war verblüfft. Schlagartig befand sie sich in einer anderen Welt. Außer dem Bett und einem uralten Sessel gab es nur noch einen Kleiderschrank sowie einen massiven Arbeitstisch. Und auf diesem entstanden offenbar fantastische Schnitzereien, und zwar im Wortsinn. Die Kommissarin erblickte Zwergenkrieger und Drachen, einäugige Monster und Märchenprinzessinnen. Diese Gestalten waren mit viel Liebe zum Detail bemalt worden. Lennart schien ihre Reaktion zu gefallen. Er lächelte stolz, wobei er die Arme vor der Brust verschränkte und sich gegen den Türstock lehnte.

»Treibholz ist mein Rohmaterial, Frau Sander. Ich nehme es mit, wenn ich morgens am Strand spazieren gehe.«

Nun fiel Mona ein, dass sie Lennart schon mehrfach von Weitem gesehen hatte, wenn sie auf ihren Joggingrunden vor dem Dienst an der Brandung entlanggelaufen war. Sie sagte: »Ich verstehe nichts von diesen Dingen, aber die Skulpturen gefallen mir wirklich gut. Sie sind Fantasyfan, oder?«

»Ja, das stimmt. Wenn ich ein Stück Holz finde, scheint es mit mir zu sprechen. Dann weiß ich meistens schon ganz genau, was ich daraus schnitzen möchte.«

»Was fangen Sie mit Ihren Werken an, Herr Breder?«

»Sagen Sie doch bitte Lennart zu mir. – Die schönsten Exemplare behalte ich für mich. Die übrigen Figuren verkaufe ich im Internet.«

»Ich sehe hier keinen Computer«, stellte die Ermittlerin fest.

»Ja, ich mag das ganze elektronische Zeug nicht. Ich habe ein Uralt-Handy, mit dem man nicht ins Internet kommt. Damit kann man nur telefonieren, sonst nichts. – Meine Freundin ist so nett, das Geschäftliche für mich zu erledigen. Sie hat einen kleinen Onlineshop gegründet, in dem sie auch meine Sachen verkauft.«

»Ich verstehe. Und was machen Sie beruflich?«

Der junge Mann schaute Mona irritiert an – so, als ob sie eine unglaublich dumme Frage gestellt hätte.

»Das ist mein Beruf, Frau Sander. Ich bin Künstler.«

»Ich will Ihnen ja nicht zu nahe treten, Lennart – aber kann man davon leben?«

»Ich lebe doch, oder?«

Will der mich veräppeln oder ist er wirklich so naiv? Diese Frage stellte sich die Kommissarin, konnte aber keine Antwort finden. Sie wechselte zunächst das Thema.

»Verraten Sie mir bitte den Namen Ihrer Freundin? Vielleicht muss ich auch noch mit ihr reden.«

»Sie heißt Clara Nagel und arbeitet in einer Bäckerei. Den Onlineshop betreibt sie in ihrer Freizeit. Sie ist sehr fleißig.«

Mona notierte auch noch die Adresse der Frau. Sie wohnte in der Straße Isdobben. Von dort aus waren es bis zum Haus der Breders mit dem Fahrrad nur wenige Minuten, wie die Kommissarin wusste.

»Sie wollen bestimmt wissen, ob ich meinen Vater getötet habe.«

Dieser Satz kam Lennart über die Lippen, ohne dass Mona ihn dazu aufgefordert hätte. Trat er gerade die Flucht nach vorn an? Sie hatte ihn eigentlich noch nicht im dringenden Tatverdacht. Natürlich wäre es einfach gewesen, nach seinem Alibi für die Todeszeit seines Vaters zu fragen. Damit hielt die Kommissarin sich noch bewusst zurück. Lennart Breder hatte sich bisher als sehr gesprächig erwiesen, sie wollte ihn nicht plötzlich zum Verstummen bringen. Mona erwiderte nichts, und der junge Mann redete einfach weiter: »Mama glaubt fest an ein Verbrechen. Sie verschließt die Augen davor, dass Papa herzkrank war. Stimmt es, dass der Arzt einen Herzinfarkt festgestellt hat? Meine Mutter hat immer befürchtet, dass mein Vater durch einen Racheakt eines Verbrechers ums Leben kommen könnte. Und als er jetzt verstorben ist, bleibt sie weiterhin bei dieser Vorstellung.«

»Sie waren bei Ihrer Freundin, als Ihr Vater starb?«

»Ja, Frau Sander. Unser Verhältnis zueinander war nicht besonders gut. In den Augen meiner Eltern bin ich ein Versager, der sein Studium abgebrochen hat und jetzt an Holzstücken herumschnitzt. Ich will nicht, dass Clara in diese vergiftete Atmosphäre gerät. Deshalb bringe ich meine Freundin niemals hierher, sondern gehe stets zu ihr. Oder wir unternehmen gemeinsam etwas, gehen an den Strand oder zum Schwimmen.«

»Halten Sie es denn für ausgeschlossen, dass ein Krimineller Ihren Vater auf dem Gewissen haben könnte?«, wollte die Ermittlerin wissen.

»Ich weiß es nicht«, gab Lennart Breder zu. »Natürlich habe ich mitbekommen, dass Papa in seiner aktiven Berufszeit etliche harte

Urteile gefällt hat. Aber woher hätten diese Ganoven denn wissen können, dass wir auf Borkum wohnen? Papa lebte sehr zurückgezogen, war nicht in den sozialen Medien. Wir stehen noch nicht mal im Telefonbuch, soweit ich weiß.«

Nach Monas Erfahrung gab es für einen entschlossenen Kriminellen durchaus Mittel und Wege, die Adresse eines Richters herauszufinden – oder eines Polizisten. Dennoch hatte der Sohn des Opfers einen wichtigen Punkt angesprochen. Es bedurfte einer gewissen Energie, um einen pensionierten Richter ausfindig zu machen. Und dabei hinterließ ein Täter zwangsläufig Spuren, auch wenn er sich dessen nicht bewusst war.

Die Kommissarin kam auf einen anderen Punkt zu sprechen: »Sagt Ihnen der Name Christina Völler etwas?«

Lennart Breder schüttelte den Kopf. »Nein. Wer ist das?«

Mona ging nicht auf die Frage ein. Ob der junge Mann sie belog? Sie hielt ihn nicht für einen Menschen, der sich gut verstellen konnte. Er kam ihr glaubhaft vor, auch wenn es dafür keinen Beweis gab.

»Zu wem hatte Ihr Vater Kontakt? Können Sie mir Namen nennen?«

Er legte den Kopf in den Nacken, schien zu überlegen. Lennart Breder lehnte immer noch am Türrahmen, während Mona sich auf einem Hocker niedergelassen hatte. Sie drehte einen hölzernen Zwergenkrieger in den Händen.

Nach einer Weile antwortete er: »Papa war kein Mann, der Freundschaften außerhalb der Familie pflegte. Sie müssen bedenken, dass er jahrzehntelang eine Wochenendehe geführt hat. Er kam ja immer nur von Freitagabend bis Sonntagabend auf die Insel, außer während seines Urlaubs. Die Woche über befand er sich in Emden. Und wenn mein Vater dann vor Ort war, stand für ihn nur Familienleben auf dem Programm.«

»Ich verstehe«, sagte Mona. Nach einer kurzen Pause fügte sie hinzu: »Und wie sah es mit … anderen Frauen aus?«

»Meine Mutter ist sehr eifersüchtig«, gab Lennart Breder unumwunden zu. »Ich kann nicht beurteilen, ob Papa ihr dafür einen Grund gegeben hat oder seine Untreue nur in ihrer Fantasie stattfand. – Ich kann mir trotzdem nicht vorstellen, dass sie meinen Vater getötet hat.«

»Davon war auch keine Rede«, betonte die Kommissarin, »trotzdem muss ich versuchen, mir ein Gesamtbild der Situation zu machen. – Verraten Sie mir bitte, wo Sie gestern Morgen zwischen neun und zehn Uhr waren?«

»Ich habe bei Clara übernachtet, um diese Uhrzeit waren wir noch im Bett«, lautete die Antwort. Mona machte sich eine Notiz, denn sie wollte das Alibi später überprüfen.

»Fällt Ihnen eine bestimmte Person ein, die Ihren Vater umgebracht haben könnte?«, fragte sie.

Lennart Breder zuckte mit den Schultern. Er sagte: »Ich kann mir vorstellen, dass es ein entlassener Straftäter gewesen ist – falls Papa wirklich nicht seinem Herzleiden erlag. Aber ich habe niemals einen von den Ganoven zu Gesicht bekommen, die er hinter Schloss und Riegel gebracht hat.«

Mit dieser Aussage gab Mona sich für den Moment zufrieden. Sie überreichte dem jungen Mann eine ihrer Visitenkarten.

»Bitte rufen Sie mich an, falls Ihnen noch etwas einfällt. Jede Kleinigkeit kann wichtig sein.«

Als die Kommissarin die Treppe hinabstieg, kam Enno soeben aus dem Wohnzimmer. Es roch nach starkem Ostfriesentee. Auch Mona hätte eine Tasse von dem Kultgetränk vertragen können, doch auf Marieke Breders Gesellschaft verzichtete sie gerne.

»Wie ich sehe, bist du auch so weit«, sagte der Oberkommissar zu ihr, »dann können wir ja abdampfen.«

Die Witwe geleitete die Ermittler schweigend zur Tür und verschloss diese wieder hinter ihnen. Nachdem Mona auf dem Beifahrersitz des Dienstwagens Platz genommen hatte, fragte sie: »Hast du von Harm etwas Wichtiges erfahren können?«

»Er glaubt nicht an einen gewaltsamen Tod seines Vaters«, antwortete der Ostfriese. Und er fügte hinzu: »Wenn überhaupt, dann traut er die Tat einem der Täter zu, die Wilko zu einer Gefängnisstrafe verurteilt hat.«

»Sinngemäß hat Lennart sich ähnlich geäußert, mein Lieber. Er schnitzt übrigens Fantasyfiguren und behauptet, damit seinen Lebensunterhalt zu bestreiten. Wenn du mich fragst, dann liegt er hauptsächlich seiner Familie auf der Tasche. Viel Geld wird er allerdings nicht brauchen, seine Kammer ist spartanisch eingerichtet. Und er scheint viel Zeit bei seiner Freundin Clara Nagel zu verbringen. Sie könnte ihm auch ein Alibi für die Tatzeit liefern.«

»Du hörst dich skeptisch an, Mona.«

»Ehrlich gesagt werde ich aus dem Burschen nicht schlau. Auf mich wirkt er wie ein harmloser Traumtänzer. Dennoch kommt es mir so vor, als ob er etwas verbirgt. Außerdem scheint sich seine Trauer in Grenzen zu halten. Er hat Wilko Breder zwar als seinen Papa bezeichnet, aber ansonsten eher neutral über ihn gesprochen. Wie über einen Fremden.«

Enno erwiderte: »Das Verhältnis zwischen Harm und Wilko scheint ebenfalls nicht sehr herzlich gewesen zu sein. Fest steht, dass beide Söhne entgegen dem väterlichen Wunsch keine Juristen geworden sind. Harm betreibt eine Import-Export-Firma in Emden. Angeblich laufen die Geschäfte gut, wir sollten uns trotzdem mal seine Bilanzen zu Gemüte führen.«

»Frachtpapiere durchforsten, wie ich das liebe!«, stöhnte die Kommissarin. »Hast du ihn gefragt, wie es zu der Einstellungsempfehlung für Sören Reep kam?«

»Seine Aussage stimmt sinngemäß mit der von Lars Mohl überein«, antwortete ihr Kollege. Er fuhr fort: »Wilko wusste, dass Harm stiller Teilhaber vom *Hummerhafen* war. Er bat seinen Sohn, beim Besitzer ein gutes Wort für Reep einzulegen. Harm hatte keine Ahnung davon, dass der Beikoch ein Haftentlassener war. Das behauptet er zumindest, und er kam mir glaubhaft vor. Harm will verblüfft gewesen sein, weil sein Vater ihn normalerweise nie um einen Gefallen bat. Aber es sprach angeblich nichts dagegen, Wilko diesen Wunsch zu erfüllen. Harm machte sich für Reep stark, und so kam der Arbeitsvertrag zustande.«

»Wobei wir nach wie vor nicht wissen, aus welchem Grund der Richter sich für den von ihm Verurteilten starkgemacht hat«, sagte Mona. Sie ergänzte: »Wir sollten einfach mal mit dem Kollegen telefonieren, der damals Reep verhaftet hat. Vielleicht stand die Anklage ja wirklich auf wackligen Füßen.«

»Kein Polizist bekommt gern zu hören, dass er schlampig ermittelt hat«, gab Enno zu bedenken. »Dennoch finde ich deinen Vorschlag gut.«

»Es muss ja nicht an der Polizeiarbeit gelegen haben«, meinte die Kommissarin. »Du weißt doch auch, dass manchmal die Beweislage sehr dürftig ist. Da liegt dann wirklich viel im Ermessensspielraum des Gerichts. – Und was für einen Eindruck hast du von Harm? Würdest du ihm zutrauen, die Hand gegen seinen Vater zu erheben?«

»Ich sehe bei dem älteren Sohn kein Motiv«, meinte Enno nachdenklich. »Allem Anschein nach lebt er in gesicherten finanziellen Verhältnissen, seine Ehe beschreibt er als glücklich …«

»Das klingt alles fast zu schön, um der Wahrheit zu entsprechen«, warf seine Kollegin ein. »Hat Harm eigentlich ein Alibi für die mögliche Tatzeit?«

»Ja, er war auf dem Festland, bei seiner Familie. Harm kommt nur gelegentlich nach Borkum, um seine Mutter zu besuchen. Ich muss seine Angaben natürlich noch überprüfen.«

»Ja, und ich nehme Lennarts Freundin unter die Lupe«, erwiderte Mona.

Die Ermittler kehrten zur Polizeistation zurück. Die Kommissarin griff zum Telefonhörer und rief den Inhaber der Inselbäckerei an. Es stellte sich heraus, dass Clara Nagel nicht als Bäckerin, sondern im Verkauf tätig war. Und an dem Tag, als sie laut Lennart Breder mit ihm bis zehn Uhr im Bett gelegen haben sollte, hatte sie seit acht Uhr morgens gemeinsam mit einer anderen Frau hinter der Verkaufstheke der Inselbäckerei gestanden. Diese Angaben wurden auch durch ihre Kollegin bestätigt. Mona bat den Bäckermeister, Clara Nagel nichts von ihrem Anruf mitzuteilen. Sie bedankte sich und legte auf.

Enno hatte währenddessen ebenfalls telefoniert. »Harm Breder ist zur Tatzeit definitiv nicht auf Borkum gewesen«, sagte er, als die Kommissarin ihn fragend anschaute.

»Das Alibi seines jüngeren Bruders ist hingegen geplatzt«, erklärte sie und berichtete, was sie soeben erfahren hatte.

Der Oberkommissar wirkte erstaunt. »Hat Lennart wirklich angenommen, dass wir seine Angaben nicht überprüfen würden?«, dachte er laut nach.

»Wer weiß, was in seinem Kopf vor sich geht. – Mich stört am allermeisten, dass wir immer noch nicht wissen, ob überhaupt ein Verbrechen begangen wurde, Enno. Wir ermitteln mit Hochdruck – und am Ende wurde der Richter vielleicht doch durch seine Herzkrankheit dahingerafft.«

»Ja, das ist nicht optimal«, sagte Enno. »Lass uns zu Oltbeck gehen und ihn auf den neuesten Stand bringen. Sonst denkt er noch, dass wir Däumchen drehen würden.«

Kapitel 7

Der Dienststellenleiter hatte sofort Zeit für sie. Nachdem die Ermittler von ihren Nachforschungen berichtet hatten, legte er nachdenklich die Stirn in Falten: »Also hat weder der Beikoch noch der jüngere Sohn ein Alibi? Aber wie sieht es mit einem Mordmotiv aus?«

»Darüber können wir nur spekulieren«, antwortete Mona. »Bei Lennart Breder könnte ich mir vorstellen, dass sein Vater ihm den Geldhahn zudrehen wollte. Ich halte den Burschen für einen Traumtänzer.«

»Warum könnte er Ihnen ein falsches Alibi präsentiert haben, Frau Sander?«

»Wenn ich das wüsste, Herr Oltbeck! Vielleicht aus purer Naivität. Ihm muss doch klar gewesen sein, dass wir die Arbeitszeiten seiner berufstätigen Freundin überprüfen würden – es sei denn, dass er zu tief in die Fantasiewelten seiner Zwerge und Elfen vertieft war.«

»Und was ist mit dem Beikoch? Sie vermuten, dass er zu Unrecht verurteilt wurde und Rache nehmen wollte?«

Diesmal beantwortete Enno die Frage des Chefs: »Das wäre zumindest ein überzeugendes Motiv. Wir wollten uns das Gerichtsurteil wegen des Raubüberfalls anschauen und mit den damals ermittelnden Kollegen sprechen.«

»Das machen am besten Sie, Herr Moll«, ordnete Oltbeck an. »Frau Sander ist manchmal ein wenig … zu direkt.«

Mona überlegte, ob sie diese Bemerkung als Beleidigung auffassen sollte. Sie entschied sich dagegen. Ihr Temperament war berüchtigt, und oftmals redete sie drauflos, ohne über die Folgen nachzudenken.

»Ich möchte gern die Einzelverbindungsnachweise von Lars Mohl überprüfen«, bat sie. Der Vorgesetzte wirkte erstaunt: »Der Besitzer vom *Hummerhafen*? Was erhoffen Sie sich davon, Frau Sander?«

Sie berichtete von dem angeblichen Telefonat des Restaurantbesitzers und fügte hinzu: »Weder Herr Moll noch ich haben diesen Herrn gestern im *Hummerhafen* gesehen. Das muss natürlich nichts mit unserem Fall zu tun haben. Trotzdem wäre es gut zu wissen, ob er uns angelogen hat oder nicht.«

Oltbeck war anzusehen, dass er mit sich rang. Offenbar hatte er keine Lust auf eine lautstarke Diskussion mit seiner rotblonden Mitarbeiterin.

»Also gut, ich kümmere mich darum«, versprach er seufzend.

Damit war die kurze Besprechung beendet. Die Kommissare kehrten in ihr Büro zurück, und Enno rief die elektronische Strafakte von Sören Reep auf. Er sagte: »So, da haben wir also den Überfall auf eine Tankstelle unweit von Aurich. Die Ermittlungen wurden von der Polizeiinspektion Aurich/Wittmund durchgeführt. – Oltbeck hat zwar verboten, dass du mit den Kollegen sprichst. Aber du darfst ruhig mithören, finde ich.«

»Du bist der Beste.«

Mona warf dem Oberkommissar eine Kusshand zu, während er den Lautsprecher einschaltete und den Anruf tätigte. Wenig später wurde er mit Oberkommissar Lemke verbunden.

»Reep? – Ja, ich kann mich an den Fall erinnern«, sagte der Auricher Ermittler. »Der Täter hatte Spielschulden, er stand bei üblen Typen in der Kreide. Meiner Meinung nach war er einfach nur in schlechte Gesellschaft geraten. Trotzdem hat er nicht nur einen Raubüberfall begangen, sondern auch noch auf den Kassierer geschossen. Es kann sein, dass dies in Panik geschah. Trotzdem wollte der Richter die Strafe nicht zur Bewährung aussetzen. – Worum geht es denn überhaupt, Herr Moll?«

Enno informierte Lemke kurz über ihre Ermittlungen.

Der Auricher entgegnete: »Also, Rache für ein Fehlurteil würde ich als Motiv ausschließen. Die Beweislage war eindeutig – und zwar nicht nur, weil Reep letztendlich die Tat gestanden hat. Er besprühte bei dem Überfall eine Überwachungskamera mit Farbe. Dabei übersah er eine zweite, auf der sein Gesicht deutlich zu erkennen war. Das Fluchtauto hatte er gestohlen, aber wir fanden es später und konnten darin seine Fingerabdrücke und DNA nachweisen.«

»Wie sind Sie ihm überhaupt auf die Spur gekommen?«

»Durch Zeugenaussagen, Herr Moll. Reep hat vor dem Überfall die Tankstelle tagelang ausspioniert, und dabei ist er einigen Nachbarn aufgefallen. Eine Woche nach der Tat wollte er seinen Erfolg wohl in einer Kneipe feiern, geriet dabei aber in eine Schlägerei. Als unsere Kollegen anrückten, bemerkten sie sofort seine Ähnlichkeit mit den Beschreibungen der Zeugen. Für die Zeit des Überfalls konnte er kein brauchbares Alibi nachweisen, und außerdem stellten wir den größten Teil der Beute in seiner Wohnung sicher. Andere Verdächtige gab es nicht.«

Enno bedankte sich bei dem Kollegen und beendete das Telefonat.

»Rache für ein Fehlurteil können wir als Mordmotiv also ausschließen«, stellte Mona fest. Sie fuhr fort: »Natürlich könnte Reep den Richter aus einem Grund getötet haben, den wir nicht kennen. In der Vergangenheit hat er ja bewiesen, dass er zu Gewalttätigkeit fähig ist.«

Bevor Enno etwas entgegnen konnte, wurde die Tür aufgerissen. Grietje platzte herein – wie üblich, ohne vorher anzuklopfen.

»Ich bin zwar nicht euer Laufbursche, aber der Chef hat mir gerade das hier für euch in die Hand gedrückt.«

Mit diesen Worten knallte sie ein paar ausgedruckte DIN-A4-Seiten auf Monas Schreibtisch. Es waren Mohls Einzelverbindungsnachweise. Die Kommissarin hob überrascht die Augenbrauen. Über die Frechheit ihrer jungen Kollegin regte sie sich schon lange nicht mehr auf. Mona war nur verblüfft darüber, dass der Telekommunikationsanbieter so schnell reagiert hatte. Sie sagte: »Besten Dank, Grietje. Übrigens ist der Begriff Laufbursche bei dir sowieso nicht angebracht. Wenn überhaupt, dann Laufmädchen.«

Oder Nervensäge, fügte sie in Gedanken hinzu. Grietje grinste, streckte die Zunge heraus und verließ das Büro wieder.

»Man muss sie einfach lieben, wie sie ist«, bemerkte Enno trocken.

»Du hast ein großes Herz, mein Bester.«

Mona widmete sich nun der Tabelle, die über Mohls Einzelverbindungen Auskunft gab. Er schien die Wahrheit gesagt zu haben. Jedenfalls hatte er zu der Zeit, als die Kommissare mit Reep gesprochen hatten, elf Minuten lang telefoniert. Nun musste sie nur noch herausfinden, wer sein Gesprächspartner war. Nach einer kurzen Recherche fand sie auch dies heraus.

»Enno, du rätst nie, mit wem Mohl gestern Abend gesprochen hat!«

»Du wirst es mir gleich verraten, hoffe ich.«

»Er telefonierte mit Christina Völler, der nächtlichen Spaziergängerin auf der Reedestraße.«

*

»Das war wirklich nicht vorherzusehen«, meinte der Ostfriese, nachdem er sich von der Überraschung erholt hatte.

Mona sprang auf und rief: »Ich lasse mich nicht für dumm verkaufen. Diese charmante Dame und der Restaurantbesitzer mit dem sozialen Gewissen haben etwas zu verbergen, da gehe ich jede Wette ein. Und darum werde ich sie mir jetzt vorknöpfen!«

Sie rief mit ihrem Smartphone die Nummer von Christina Völler an, doch dort meldete sich nur die Mailbox. »Schön, dann rücken wir diesem Unschuldslamm eben auf die Bude«, fauchte Mona.

Enno versuchte, sie zu bremsen: »Genau genommen liegt gegen diese Frau nichts vor, wobei ihre Bekanntschaft mit Mohl natürlich viele Fragen aufwirft …«

»Das ist sehr diplomatisch ausgedrückt, mein Bester. – Breder stirbt unter fragwürdigen Umständen, nachdem er einem Strafgefangenen zu einer zweiten Chance verholfen hat. Der Chef dieses Mannes wiederum telefoniert nachts mit einer geheimnisvollen Schönen, die vor dem Haus des toten Richters herumlungert. Wenn sich diese Umstände nicht miteinander verknüpfen lassen, habe ich wohl meinen Beruf verfehlt!«

»So weit würde ich nicht gehen«, meinte der Oberkommissar schmunzelnd und klopfte seiner Kollegin beruhigend auf die Schulter. Die beiden hatten bereits das Polizeirevier verlassen und stiefelten auf der Bismarckstraße Richtung Promenade. Es hätte sich nicht gelohnt, für die kurze Strecke zum *Hotel Teutonia* das Auto zu nehmen. Außerdem war Mona ganz froh darüber, ein paar Schritte an der frischen Luft zurücklegen zu können. Die kühlende Nordseebrise half ihr meist dabei, wieder herunterzukommen und ihr überschäumendes Temperament im Zaum zu halten. Sie vergegenwärtigte sich noch einmal den aktuellen Ermittlungsstand und fragte sich, ob sie etwas Entscheidendes übersehen hatte. Gab es außer dem Jobangebot für Reep vielleicht noch weitere Dinge, die Mohl mit dem verstorbenen Richter verbanden? Oder wäre es besser gewesen, sich um Lennart Breder und sein geplatztes Alibi zu kümmern?

Während sie noch über diesen Punkt nachdachte, betraten die Ermittler das Hotel. Die Rezeptionistin war ihnen unbekannt; vermutlich handelte es sich um eine der zahlreichen Saisonkräfte, ohne die Borkum während der warmen Jahreszeit nicht überlebensfähig gewesen wäre. Die Kommissarin zeigte ihren Dienstausweis und sagte: »Moin, wir müssen mit Christina Völler sprechen. Ist sie auf ihrem Zimmer?«

Die Frau in der Hoteluniform schaute erst auf ihren PC-Monitor, dann auf das hinter ihr hängende Schlüsselbrett.

»Die Dame müsste anwesend sein«, sagte sie. »Manche Gäste denken allerdings auch nicht daran, ihren Schlüssel abzugeben, wenn sie …«

Monas Geduld reichte nicht für umständliche Erklärungen. »Die Zimmernummer, bitte!«

»109, aber …«

Die Kommissarin ließ die Angestellte nicht ausreden, sondern lief die breite Treppe hoch, wobei sie immer zwei Stufen auf einmal nahm. Der Kokosläufer knirschte unter ihren Schritten. Das *Hotel Teutonia* war ein in die Jahre gekommenes Beispiel für die prunkvolle Bäderarchitektur der Kaiserzeit. Entsprechend breit waren die Korridore, und auch die hohen Stuckdecken weckten Erinnerungen an längst vergangene Jahrhunderte.

»Frau Völler? Machen Sie auf, hier ist die Polizei!« Mona bemühte sich nicht um Diskretion, während sie mit der Faust gegen die Tür mit der Nummer 109 wummerte. Ihre Stimme war nicht zu überhören.

Offenbar hatte die Rezeptionistin umgehend den Hotelbesitzer alarmiert. Seiner Gesichtsfarbe nach zu urteilen, stand er kurz vor dem Herzinfarkt, als er auf die Kommissarin und ihren Kollegen zugeeilt kam.

»Was soll das, Mona?«, polterte Cordsen. Er fuhr sich nervös durch sein blondes Haar.

Die Ermittler kannten ihn seit Jahren und waren mit ihm per Du. Sie deutete auf das Zimmer. »Dirk, wir müssen wegen einer aktuellen Mordermittlung dringend mit dem Gast hinter dieser Tür sprechen.«

Der Hotelier zuckte zusammen. »Mord? Doch nicht etwa hier?«

»Davon gehen wir nicht aus«, beschwichtigte Enno. »Dennoch wäre es gut, wenn wir mit Frau Völler sprechen könnten. Wir erreichen sie nicht per Handy.«

»Das Zimmer verfügt natürlich auch über einen Festnetzanschluss«, sagte Cordsen. Er holte sein eigenes Smartphone hervor und rief die Nummer des Zimmers an. Man konnte hören, wie der Apparat hinter der Tür klingelte.

Mona versuchte es noch einmal auf Christina Völlers Mobilanschluss. Nun war in dem Zimmer ein anderer Klingelton zu hören, bevor erneut die Mailbox ansprang. »Dein Gast könnte in Schwierigkeiten stecken«, vermutete die Kriminalistin.

Cordsen seufzte und zog einen Generalschlüssel hervor. »Niemand soll mir nachsagen können, dass ich nicht helfen würde«, murmelte er und schloss die Tür auf. Dann trat er einen Schritt in das Zimmer und rief: »Frau Völler? Ist bei Ihnen alles in Ordnung?«

Es kam keine Antwort. Mona drängte sich an dem Hotelier vorbei. Christina Völler hatte eines der Zimmer mit Meerblick gebucht. Es war geräumig und verfügte über eine gehobene Ausstattung inklusive eines breiten französischen Betts, einer Minibar und einem Flatscreen-TV. Es gab eine kleine fensterlose Nasszelle, deren Tür offen stand. Feuchte Luft schwadete der Kommissarin entgegen, als sie sich dort umschaute. Das große Badetuch auf dem Fußboden war feucht, offenbar hatte man es vor nicht allzu langer Zeit benutzt. Christina Völler war weder im Hotelzimmer selbst noch in dem Bad. Mona kehrte in den eigentlichen Raum zurück. Genau wie ihr Kollege hatte sie bereits Latexhandschuhe angezogen. Enno hielt ein Smartphone hoch.

»Das Gerät lag auf dem Nachtschrank. Wenn die Dame über kein zweites Telefon verfügt, kann sie momentan nicht angerufen werden.«

Cordsen tigerte zwischen Fensterfront und der offen stehenden Zimmertür hin und her.

»Was ist hier geschehen?«, dachte er laut nach.

Die Kommissarin zeigte auf das zerwühlte Bett. »Das kann ich dir genau sagen, Dirk. Du glaubst nicht mehr an den Klapperstorch, oder? Dein weiblicher Gast hatte männlichen Besuch. Allein wird sie die Laken nicht so zerwühlt haben.«

»Woher willst du das wissen, Mona?«

»Weil ich Augen im Kopf habe«, gab die Ermittlerin trocken zurück. Sie zog den Hotelier am Jackenärmel zu sich hin und erklärte: »Siehst du diese dunklen Haare auf dem Kopfkissen? Christina Völler ist blond, außerdem sind ihre Haare viel länger. Sie hatte einen Herrn bei sich, mit dem sie gewiss nicht Halma gespielt hat.«

Cordsen errötete und blickte auf die Uhr. »Vielleicht ist sie noch im Speisesaal, die Frühstückszeit endet erst in einer halben Stunde«, sagte er.

»Wann werden die Zimmer eigentlich gereinigt?«, wollte Enno wissen.

»Meine Leute fangen im Erdgeschoss an, also müssten sie bald hier sein«, antwortete der Hotelier.

Der Oberkommissar zog einen Beutel für Beweisstücke hervor und tat einige der dunklen Haare hinein.

»Ist meinem Gast etwas zugestoßen?«, fragte Cordsen mit sichtlichem Unbehagen.

»Das wissen wir noch nicht«, stellte Mona klar. »Hinweise auf einen Kampf kann ich nicht erkennen. – Trotzdem sollte das Zimmer vorerst nicht geputzt werden. Zunächst muss feststehen, dass hier keine Straftat stattgefunden hat.«

»Ich versiegele die Tür von außen«, sagte Enno.

Der Hotelbesitzer wand sich wie ein Aal. »Ist das wirklich nötig? Natürlich will ich auch, dass es Frau Völler gut geht. Aber wenn die anderen Gäste ein polizeiliches Siegel an einer von den Zimmertüren sehen, könnten sie unruhig werden«, schnaufte er.

»Ich laufe mal eben runter, vielleicht frühstückt die Dame nach ihrer Liebesnacht ja wirklich noch«, sagte Mona. Sie sprintete hinunter und schaute sich in dem weitläufigen Speisesaal um, in dem ein umfangreiches Frühstücksbüffet aufgebaut war. Einige Langschläfer saßen noch bei Kaffee, Tee und Brötchen, wobei sie den Ausblick auf die Jann-Berghaus-Straße sowie Strand und Meer genossen. Christina Völler war nirgendwo zu sehen. Die Kommissarin sprach mit der Angestellten, bei der die frühstückenden Gäste ihre Zimmernummer nennen mussten. Der Gast aus Zimmer 109 war an diesem Morgen noch nicht erschienen.

Von Christina Völler fehlte jede Spur.

Kapitel 8

Mona kehrte zu Enno und Cordsen zurück. Sie berichtete, was sie in Erfahrung gebracht hatte.

»Das Siegel ist eine reine Vorsichtsmaßnahme«, sagte der Ostfriese zu dem Hotelier, nachdem er diesen sanft aus dem Zimmer gedrängt hatte. »Rufst du uns bitte an, sobald die junge Dame wieder im Hotel erscheint?«

»Das werde ich tun, und mein Personal spitze ich ebenfalls an«, versicherte Cordsen. Er raufte sich seine Locken und verschwand von der Bildfläche.

Die Kommissarin erklärte: »Es wurde nur ein Duschtuch benutzt. Wir wissen nicht, wann Christina Völlers Liebhaber abgehauen ist. Ich gehe mal davon aus, dass es sich um Mohl handelt.«

»Einen anderen Kandidaten haben wir momentan auch nicht zu bieten«, meinte Enno.

»Das sehe ich genauso, mein Lieber. – Die morgendliche Dusche der jungen Dame dürfte keine halbe Stunde her sein, wenn ich den Zustand des Bads richtig beurteile. Danach ist sie weggegangen, aber wohin? Dieses Hotel hat bekanntlich mehrere Ausgänge. Es ist wahrscheinlich witzlos, hier nach Zeugen zu suchen. Stattdessen sollten wir Mohl auf die Bude rücken.«

»Das können wir tun, aber es gibt keinen Hinweis auf eine Straftat«, stellte Enno klar. »Dass er mit Christina Völler Sex hatte, ist ja kein Verbrechen, falls es einvernehmlich geschah.«

»Stimmt genau, mein Bester. – Es geht mir hauptsächlich um die Verbindung dieser Dame zu dem pensionierten Richter. Und da wir nicht wissen, wo Christina Völler ist, halten wir uns eben an den Restaurantbesitzer.«

Die Kommissare gingen nicht davon aus, dass Mohl sich schon am Vormittag im *Hummerhafen* aufhielt. Das Lokal betrieb ja kein Mittagsgeschäft. Also versuchten sie es bei ihm daheim. Mohl reagierte prompt auf das Klingeln und betätigte bereitwillig den Summer. Er begrüßte die Ermittler lächelnd: »Moin, so schnell sieht man sich wieder! Ich hoffe, dass Sie keine schlechten Nachrichten für mich haben. Ich wüsste nicht, wie ich ohne den Beikoch auskommen sollte.«

Mona musterte den Gastronomen. Mohl wirkte arglos. Aber wie hätte er auch ahnen können, dass die Polizisten von seiner Liebesnacht mit der jungen Frau wussten? Ob er Christina Völler etwas angetan hatte? Darauf gab es noch keinen Hinweis. Mohl trug ein weißes T-Shirt und eine Leinenhose von derselben Farbe. Er war barfuß und verströmte Duschgel-Geruch. Wahrscheinlich hatte er sich nach seiner Rückkehr in sein Apartment abgebraust.

»Ich habe mir gerade einen Kaffee gekocht, möchten Sie auch eine Tasse?«, fragte er und ging in seine offene Küche voraus. Dort stand eine hochwertige Bistromaschine, mit der man die unterschiedlichsten Kaffeekreationen zaubern konnte.

Enno lehnte dankend ab. Als echter Ostfriese gab er stets Tee den Vorzug.

»Für mich bitte einen Espresso«, sagte Mona, »und außerdem hätte ich gern gewusst, wo Sie in der vorigen Nacht waren.«

»Ich hielt mich bis gegen ein Uhr morgens im *Hummerhafen* auf, danach kehrte ich hierher zurück«, erwiderte Mohl ruhig. Die Lüge kam ihm glatt über die Lippen – falls er wirklich die Unwahrheit sagte. Für die Kommissarin stand jetzt schon fest, dass sie den Liebhaber der jungen Frau vor sich hatte. Die dunklen Haare auf dem Laken in Zimmer 109 stammten wahrscheinlich von ihm, davon ging sie aus. Der Restaurantbesitzer setzte die Maschine in Gang, und wenig später stellte er eine Tasse mit dampfendem Espresso vor Mona hin.

»Vielen Dank. – Darf ich Ihr Bad benutzen?«

»Selbstverständlich, Frau Sander. – Sie finden es hinter der zweiten Tür links.«

Die Kommissarin ging dorthin, um sich einen Überblick zu verschaffen. Sie öffnete den Spiegelschrank und schaute sich die Gegenstände an. Es gab zwei Zahnbürsten, außerdem Flacons mit Damen-Parfüm, Schminkutensilien sowie Tampons. Ihre Annahme verfestigte sich: Hier wohnte zumindest zeitweise auch eine Frau.

Als Mona das Badezimmer wieder verließ, klang ihre Stimme hart: »Wo ist eigentlich Ihre Freundin?«

»Ich verstehe nicht …«, begann Mohl stammelnd.

»Dann drücke ich mich noch klarer aus: Wo ist die Frau, die Sie in der vorigen Nacht mit Christina Völler betrogen haben?«

Die Kommissarin wusste, dass sie sich mit dieser Behauptung ziemlich weit aus dem Fenster lehnte. Doch Mohls Reaktion bewies ihr, dass ihre Schlussfolgerungen richtig gewesen waren. Sie starrte ihm so lange in die Augen, bis er den Blick senkte. Seine Verteidigung war lahm: »Ich wüsste nicht, warum mein Privatleben für die Polizei von Interesse ist …«

»Wir müssen im Rahmen unserer Ermittlungen mit Frau Völler sprechen«, brummte Enno begütigend, »und deshalb suchen wir nach ihr.«

»Sie wohnt im *Hotel Teutonia*.« Kaum hatte Mohl diesen Satz von sich gegeben, als er ihn auch schon zu bereuen schien. Doch nun war es zu spät, die Worte standen im Raum.

Mona erwiderte: »Das ist uns bekannt, von dort kommen wir gerade. Sie ist nicht in ihrem Hotelzimmer, und ihr Smartphone hat sie auch nicht bei sich. Was ist mit ihr geschehen?«

Enno fügte hinzu: »Es wäre gut, wenn Sie uns von Anfang an erzählen, wie und wo Sie Frau Völler kennenlernten.«

Der Gastronom atmete tief durch und schaute sich suchend im Raum um. Ob er sich eine gute Ausrede zurechtlegen wollte? Auf jeden Fall produzierte er auch für sich selbst einen Espresso und begann zögernd zu sprechen: »Ich traf Frau Völler im *Hummerhafen*. Das war am dritten April. Sie hatte gespeist und nahm noch einen Drink an der Bar. Wir kamen miteinander ins Gespräch, die Chemie zwischen uns stimmte auf Anhieb.«

Mona versuchte, sich die beiden Personen als Liebespaar vorzustellen. Christina Völler war zweifellos eine attraktive Frau. Und Mohl entsprach zwar nicht dem Männergeschmack der Kommissarin, aber ein sportlich wirkender und braungebrannter Sonnyboy wie dieser Lokalbesitzer wirkte zweifellos auf viele Frauen anziehend.

»Und was ist mit Ihrer Freundin? Wie heißt sie überhaupt?«, bohrte die Ermittlerin nach.

»Ihr Name ist Lara Bruns …«

»Die Managerin vom *Hotel Zu den Gezeiten*?«, warf Enno ein.

Mona wunderte sich nicht darüber, dass ihr Kollege diese Frau namentlich kannte. Sie selbst war der Leiterin des Nobelhotels neben dem Inselbahnhof schon einmal flüchtig begegnet, doch als Einheimischer wusste ihr Kollege über die Verhältnisse auf Borkum natürlich viel besser Bescheid.

»Ja, Herr Moll«, antwortete der Restaurantbesitzer. Er fuhr fort: »Lara hält sich momentan wegen einer Tourismusmesse in Düsseldorf auf, ich bin sozusagen Strohwitwer. Unsere Beziehung ist sehr intensiv, mir fehlt seit einigen Tagen die Frau an meiner Seite … ich wäre Ihnen dankbar, wenn Sie diesen Ausrutscher gegenüber meiner Freundin unerwähnt lassen könnten.«

»Das wird sich zeigen«, sagte Mona. »Wie ging es weiter? Landeten Sie gleich am ersten Abend mit Frau Völler im Bett?«

»Nein, ich … das war gar nicht meine Absicht. Komme ich Ihnen wie ein Aufreißertyp vor? Christina ist auch eine gute Gesprächspartnerin. Sie schien sich wirklich für mein Restaurant zu interessieren und wusste sogar, dass es einen stillen Teilhaber gibt.«

Die Kommissarin horchte auf. »Ach, wirklich? Hat Sie das gar nicht misstrauisch gemacht? Oder vernebelte der weibliche Charme Ihnen den Verstand?«

Mohl zog die Augenbrauen zusammen. Die Ermittlerin ermahnte sich selbst, den Bogen nicht zu überspannen. Wenn sie diesen Mann zu hart anging, sagte er vielleicht gar nichts mehr. Er fuhr mit erzwungener Ruhe fort: »Eine stille Teilhaberschaft ist ja kein Staatsgeheimnis und auch nichts Illegales. Wer wirklich herausfinden will, was für Finanzquellen ein Unternehmen hat, der schafft das auch. Dafür gibt es beispielsweise Handelsauskunfteien. – Natürlich fragte ich Christina, woher sie von meiner Geschäftsbeziehung zu Harm Breder wusste. Sie erwiderte, dass sie eine Freundin der Familie sei.«

Eine Freundin der Familie, die nachts wie eine Katze um das Haus des Richters streicht, dachte Mona grimmig. Sie konnte es kaum abwarten, Christina Völler mit dieser Aussage zu konfrontieren. Dazu musste sie die junge Frau allerdings zunächst erwischen.

Nun öffnete der Oberkommissar wieder den Mund: »Worüber haben Sie noch gesprochen?«

Mohl trank seinen Espresso aus und antwortete: »Christina fragte mich, was ich von Harms Vater hielte. Ich sagte, dass ich kaum Kontakt zu ihm hätte, was der Wahrheit entspricht. Generell schien sie sich sehr für diese Familie zu interessieren … jetzt, wo wir darüber reden, kommt mir das auch merkwürdig vor, da Christina die Breders doch angeblich so gut kennt. An dem Abend habe ich daran jedenfalls keinen Anstoß genommen.«

»Wahrscheinlich, weil Ihnen der Verstand in die Hose gerutscht ist.«

Mohl rang nach Atem. Die Kommissarin vermutete, dass er nach einer schlagfertigen Antwort auf ihre kesse Bemerkung suchte. Ihm fiel aber anscheinend nichts Originelles ein, jedenfalls sagte er: »Wie Sie meinen, Frau Sander. – Bei der nächsten Begegnung mit Christina funkte es zwischen uns, wir landeten im Bett. Es war so, dass ich mich stets zu ihr ins Hotel geschlichen habe. Es wäre mir zu riskant gewesen, sie in meinem Apartment zu empfangen.«

»Hatten Sie Bedenken, dass ein Nachbar Sie bei Ihrer Freundin ans Messer liefern könnte?«, wollte Mona wissen.

Der Gastronom hob die Schultern. »Ich wollte kein Risiko eingehen. Wir leben auf einer kleinen Insel, wie Sie wissen«, meinte er.

»Na schön, und worum drehte sich Ihr Telefonat mit Frau Völler am gestrigen Abend?«, fragte die Ermittlerin.

»Ich wollte mich mit ihr verabreden.«

»Und das hat elf Minuten lang gedauert?«

»Ja, Frau Sander. Christina … verhielt sich zunächst eigenartig. Sie meinte, dass sie etwas Wichtiges zu tun hätte. Aber ich blieb hartnäckig, weil ich sie unbedingt treffen wollte. Schließlich ließ sie sich überreden. Ich ging zu ihr ins Hotel.«

»Wann war das?«

»Gegen ein Uhr morgens, nachdem meine Mitarbeiter und ich im *Hummerhafen* Feierabend gemacht hatten.«

Mona überlegte. Sie selbst war Christina Völler am Vorabend ebenfalls begegnet, wenn auch deutlich vor ein Uhr morgens. Mohls Angaben konnten durchaus stimmen. Was war der jungen Frau so dringend erschienen, dass sie es erledigen wollte? Offenbar ging es ihr darum, das Haus der Breders auszukundschaften. Aber aus welchem Grund?

Nun meldete sich Enno zu Wort: »Hat der Nachtportier Sie bemerkt, als Sie ins *Hotel Teutonia* gegangen sind?«

»Ich bin nicht sicher, Herr Moll. Es kam mir so vor, als ob er vor sich hin dösen würde. – Warum ist das wichtig? Denken Sie, ich hätte Christina etwas angetan?«

»Tatsache ist jedenfalls, dass sie sich nicht in ihrem Hotelzimmer aufhält und wir auch keinen anderen Hinweis auf ihren Aufenthaltsort haben.«

»Da kann ich Ihnen leider nicht weiterhelfen«, behauptete Mohl. »Ich habe mich heute Morgen gegen sechs Uhr aus ihrem Zimmer geschlichen, da hat sie noch tief und fest geschlafen. Seitdem gab es keinen Kontakt zwischen Christina und mir, das müssen Sie mir glauben.«

Frau Völler hatte offenbar noch kurz vor dem Eintreffen der Kommissare geduscht und war fortgegangen. Daher kamen Mona diese Angaben plausibel vor. Hinweise auf eine Straftat gab es nach wie vor nicht.

»Danke für den Espresso«, sagte die Ermittlerin zum Abschied, »und kontaktieren Sie uns bitte umgehend, falls Ihre neue Flamme sich wieder bei Ihnen meldet.«

»Selbstverständlich«, gab der Gastronom mit einem säuerlichen Lächeln auf den Lippen zurück.

»Ich vermute Christina Völler in der Nähe vom Breder-Grundstück«, meinte Enno, nachdem die beiden das Apartmenthaus verlassen hatten. Er fügte hinzu: »Warum interessiert die junge Dame sich so brennend für die Familie?«

»Das ist die entscheidende Frage, mein Lieber! Lass uns dorthin fahren und ein wenig auf den Busch klopfen. Vielleicht hat ja Marieke oder einer ihrer Söhne bemerkt, wie sie sich in der Nähe herumgetrieben hat?«

Diesmal öffnete Lennart Breder die Tür, nachdem die Ermittler an dem Haus in der Reedestraße geklingelt hatten. »Gibt es schon etwas Neues?«, fragte er.

Die Kommissare gaben zunächst keine Antwort. Sie begleiteten ihn in die Küche, wo seine Mutter, sein Bruder und ein Mann im schwarzen Anzug am Tisch zusammensaßen. Der Besucher hatte eine Ledermappe geöffnet. Mona kannte ihn, er war ein Bestatter. Noch war die Leiche nicht vom gerichtsmedizinischen Institut freigegeben worden, aber die Witwe wollte offenbar schon die nächsten Schritte einleiten.

»Wir wollen nicht lange stören«, erklärte Enno. Er wandte sich an Marieke Breder: »Hat eine gewisse Christina Völler in letzter Zeit Kontakt mit dir aufgenommen? Oder mit einem deiner Söhne?«

»Nein, der Name sagt mir nichts. – Wer ist diese Frau? Hat sie meinen Wilko auf dem Gewissen?«

Die Gesichtszüge der alten Dame wirkten nun wie versteinert. Und ihr Blick verhieß nichts Gutes. Mona hätte nicht in Christinas Haut stecken mögen, falls diese wirklich den pensionierten Richter auf dem Gewissen hatte. Die Kommissarin traute der Witwe durchaus zu, das Recht in die eigene Hand zu nehmen. Umso wichtiger war es, dass die junge Frau so bald wie möglich von den Polizisten gefunden wurde.

»Davon ist keine Rede«, betonte Mona. »Wir suchen diese Person zunächst als Zeugin. – Vielleicht haben Sie Frau Völler schon einmal gesehen?«

Nachdem sie diese Frage gestellt hatte, ließ die Kommissarin eine möglichst genaue Beschreibung der Gesuchten folgen. Sie verschwieg allerdings, dass Christina Völler sich schon bei Mohl eingehend nach der Familie erkundigt hatte. Weder Marieke Breder noch Lennart oder Harm wollten die Frau schon einmal gesehen haben. Ob diese Aussagen glaubhaft waren? Als Mona selbst Christina Völler auf der Reedestraße getroffen hatte, nutzte die Verdächtige den Schutz der Dunkelheit aus. Wenn die Kommissarin unaufmerksam vorbeigefahren wäre, hätte sie die Frau vielleicht einfach übersehen. Und vom Haus aus betrachtet war die Beobachterin gewiss so gut wie unsichtbar, da sie sich außerhalb des Lichtkegels der Straßenlaternen platziert hatte.

»Falls Sie Christina Völler begegnen, rufen Sie uns bitte sofort an«, sagte Mona zum Abschied.

Die Witwe reagierte nicht. Aber nachdem Enno den Satz noch einmal eindringlich wiederholt hatte, nickte sie.

»Marieke wird wohl nie in meinen Fanclub eintreten«, meinte die Kommissarin mit einem säuerlichen Lächeln, nachdem die beiden das Haus wieder verlassen hatten.

»Nimm es nicht so schwer. Wir machen jetzt erst einmal Mittagspause, dann sieht die Welt schon wieder anders aus.«

»Für dich bestimmt«, erwiderte Mona augenzwinkernd und klopfte auf Ennos Bauch.

Die Kommissare fuhren Richtung Ortsmitte und kehrten in der *Heimlichen Liebe* ein. In dem mit alten Seekarten und Bootsmodellen dekorierten Lokal setzten sie sich an einen Tisch mit Nordseeblick. Mona bestellte einen Windbeutel mit Sanddornsirup, während ihr Kollege einem Nordischen Fischteller den Vorzug gab.

Die Ermittlerin stützte ihr Kinn auf ihre Hand und schaute nachdenklich auf den Strand und die Brandung hinunter. »Ich frage mich, was für eine Rolle Christina Völler in unserem Drama spielt, Enno. Ist sie wirklich die Mörderin des Richters? In dem Fall wäre es ziemlich riskant für sie, weiterhin auf Borkum zu bleiben – zumal sie schon durch mich überprüft wurde und wir ihren Namen kennen.«

»Das kann man auch ganz anders betrachten«, gab der erfahrene Kriminalist zu bedenken. Er fuhr fort: »Gerade *weil* du ihre Personalien gecheckt hast, muss sie für ihre geplante Urlaubszeit hierbleiben. Durch eine vorzeitige Abreise würde sie sich verdächtig machen.«

»Ja, da gebe ich dir recht, mein Lieber. – Übrigens besteht auch noch die Möglichkeit, dass Christina Völler gar nichts von Breders Tod weiß. In dem Fall kann sie natürlich nicht seine Mörderin sein, sondern etwas ganz anderes von ihm wollen.«

»Daran hatte ich noch gar nicht gedacht«, gab Enno zu.

Mona sagte: »Ich habe der Dame jedenfalls nichts von dem Todesfall berichtet. Ob sie aus anderer Quelle vom Ableben des Richters erfahren hat, wissen wir nicht. Ihre Hartnäckigkeit ist jedenfalls bemerkenswert. Sie lauert vor dem Haus herum, sie macht sich bei Harms Geschäftspartner schlau und geht bei der Gelegenheit gleich noch mit ihm ins Bett – welches Ziel verfolgt sie?«

»Wenn wir sie irgendwo antreffen, stellen wir ihr als Erstes diese Frage«, erwiderte der Ostfriese trocken.

»Sehr lustig, mein Bester. – Wie auch immer, die Zeit arbeitet für uns. Früher oder später wird die geheimnisvolle Schöne zu ihrem Hotelzimmer zurückkehren, das du praktischerweise polizeilich versiegelt hast. Wenn sie keine Straftat begehen will, kann sie dort nicht einfach hineingehen. Ganz abgesehen davon, dass Cordsen sein Personal *angespitzt* hat, wie er es so treffend ausdrückte. «

Bevor Mona weitersprechen konnte, klingelte ihr Smartphone. Dr. Brünger vom gerichtsmedizinischen Institut Oldenburg war am Apparat: »Moin, Frau Sander. Es geht um die männliche Leiche, die Sie uns zur Untersuchung überlassen hatten. Der Kollege vor Ort hatte zwar einen Herzinfarkt diagnostiziert …«

»Ja?«, hakte die Kommissarin ungeduldig nach.

Der Mediziner redete weiter: »Das Opfer starb in Wirklichkeit einen gewaltsamen Tod, und zwar durch Strangulation.«

Also hatte Marieke Breder mit ihren Vermutungen recht behalten! Nun mussten die Ermittler definitiv einen Mordfall lösen. Dennoch stellte sich für Mona durch diese neue Information bereits eine weitere Frage: »Dr. Brünger, wie ist das möglich? Ich habe in der Vergangenheit schon Menschen gesehen, die auf diese Weise getötet wurden. Müssten nicht deutlich sichtbare Strangulierstreifen am Hals zu erkennen sein?«

»Im Normalfall ja. Allerdings wurde in diesem Fall maximaler Druck auf den *Nervus vagus* ausgeübt. Das ist der zehnte Hirnnerv, durch den die Tätigkeit vieler Organe reguliert wird. Wenn man ihn abklemmt, hat das den Tod zur Folge. – Der Täter muss genau gewusst haben, wo er Druck ausüben muss. Daher ging der Arzt vor Ort offenbar von einem Herzversagen aus, zumal bei dem Opfer auch eine Vorerkrankung gegeben war.«

Da wird Dr. Siemers aber erleichtert sein, dachte Mona. Sie sagte: »Also verfügt der Täter über medizinische Kenntnisse?«

»Das wäre eine mögliche Schlussfolgerung«, antwortete der Gerichtsmediziner. »Es handelt sich jedenfalls um eine Person mit ausgezeichneten Anatomiekenntnissen und starken Fingern. Einen Zufallstreffer würde ich ausschließen, dafür ist diese Todesart zu spezifisch.«

Die Ermittlerin bedankte sich und beendete das Telefonat. Enno schaute sie neugierig an.

»Wenn ich alles richtig mitbekommen habe, dann steht das Obduktionsergebnis jetzt fest.«

»So ist es. Wir jagen definitiv einen Mörder. Oder eine Mörderin«, erwiderte Mona.

Kapitel 9

Wenig später wurde das Essen serviert. Dr. Brüngers Anruf hatte den Appetit der Kommissarin nicht schmälern können. Sie wusste aus Erfahrung, dass ihre Energie später am Tag nachlassen würde, wenn sie jetzt nichts zu sich nahm. Während sie sich ihren Windbeutel schmecken ließ, dachte sie über den neuen Ermittlungsstand nach.

Ein Täter mit Medizinwissen? Ihr wurde bewusst, dass sie über Christina Völlers Berufstätigkeit noch gar nichts herausgefunden hatte. Natürlich wäre es möglich gewesen, Mohl einige Fragen in dieser Richtung zu stellen. Dass es beim Bettgeflüster mit seiner Geliebten um Jobangelegenheiten gegangen war, bezweifelte Mona allerdings stark. Andererseits – die beiden hatten ja zuvor miteinander gesprochen, und da konnte es durchaus um Berufliches gegangen sein. Das ließ sich gewiss noch in Erfahrung bringen. Die Kriminalistin hoffte immer noch, dass sie diese Frau finden würden. Das versuchten Mona und Enno allerdings schon seit Stunden. Vielleicht war es jetzt an der Zeit, weitere Kollegen für die Suche anzufordern.

Nachdem die beiden aufgegessen und bezahlt hatten, fuhren sie zur Dienststelle und erstatteten Oltbeck Bericht. Der Chef schaute seine Zivilfahnder so vorwurfsvoll an, als ob sie für den Tod des Richters verantwortlich wären.

»Ich habe es kommen sehen – ein weiteres Gewaltverbrechen, das Unruhe auf unsere Insel bringt.«

»Wir sollten Christina Völler zur Fahndung ausschreiben«, schlug Mona vor. »Noch sehe ich bei ihr kein Mordmotiv, aber ihr Interesse an der Familie des Opfers ist schon sehr verdächtig. Offenbar hat sie sich sogar an den Besitzer vom *Hummerhafen* herangemacht, um dessen Verbindung zu Harm Breder auszukundschaften.«

»Ja, ich werde die nötigen Maßnahmen einleiten«, versprach Oltbeck. »Haben Sie ein Foto der Verdächtigen, Frau Sander?«

»Noch nicht«, antwortete sie und fügte schnell hinzu: »Wenn ich ein Bild finde, gebe ich es Ihnen sofort.«

Mona war bisher noch nicht dazu gekommen, nach Hinweisen auf Christina Völler zu suchen – abgesehen von der Abfrage im polizeiinternen POLAS-System bei ihrer ersten Begegnung. Nun aber eilte sie zu ihrem Arbeitsplatz zurück und ließ den Namen der Verdächtigen durch einige Suchmaschinen laufen. Es dauerte nicht lange, bis sie fündig wurde.

»Christina Völler ist eine Pianistin, Enno!«

Der Ostfriese war seiner Kollegin in ihr gemeinsames Arbeitszimmer gefolgt. Nun schaute er Mona über die Schulter. Auf ihrem Monitor war eine Aufnahme zu sehen, die Christina Völler im Abendkleid an einem Konzertflügel sitzend zeigte. Die junge Frau lächelte in die Kamera.

»Oltbeck wird sich freuen, das ist ja ein brauchbares Foto für die Kollegen im Streifendienst«, meinte der Oberkommissar.

»Ja, und außerdem – denk doch nur mal an ihren Beruf!«

»Ich fürchte, dass ich momentan auf dem Schlauch stehe«, gestand der Ostfriese.

»Wenn die Dame professionell auf dem Klavier klimpert, dann arbeitet sie sehr viel mit ihren Fingern«, erklärte Mona eifrig. Sie fuhr fort: »Zugegeben, das hat nichts mit einer medizinischen Vorbildung zu tun. Aber sie hat zweifellos stärkere und geschicktere Finger als viele andere Menschen.«

»Daran hatte ich nicht gedacht. Ja, das kann man sich vorstellen«, erwiderte Enno.

Mona druckte das Foto aus und flitzte zu ihrem Vorgesetzten. Oltbeck nahm das Bild entgegen: »So, das ist also die gesuchte Person? Ich sorge dafür, dass alle Kollegen eine Kopie bekommen.«

Die Kriminalistin nickte und kehrte in ihr Dienstzimmer zurück. Die Personaldecke der Inselpolizei war meist ziemlich knapp. Hinzu kam, dass es sich bei Borkum um das größte der ostfriesischen Eilande handelte. Eigentlich hätte man mehr Einsatzkräfte benötigt, um systematisch nach Christina Völler fahnden zu können. Doch solange es keinen konkreten Mordverdacht gegen diese Frau gab, würde der Chef gewiss keine Verstärkung vom Festland anfordern. Oltbeck wollte auf Biegen und Brechen den Eindruck vermeiden, dass er die Situation nicht im Griff hatte. So hatte Mona es in der Vergangenheit jedenfalls schon oft genug erlebt.

Ihr Smartphone klingelte, auf dem Display stand: UNBEKANNTE NUMMER. Mona meldete sich mit Namen und Dienstgrad. Sören Reep war am Apparat.

»Moin, Frau Sander. Sie sagten doch, ich solle anrufen, falls mir noch etwas einfällt …«

»Das ist richtig.«

»Also, ich habe Ihnen alles gesagt, was ich weiß. Trotzdem wollte ich mich bei Ihnen melden. Ich habe heute meinen freien Tag, und …«

Was will der Kerl?, dachte die Ermittlerin. Seine umständliche Art ging ihr auf den Wecker. »Gut, Sie haben heute frei, Herr Reep. Und weiter?«

»Vorhin war eine Frau bei mir. Ich habe sie noch nie gesehen. Ich fragte sie, was sie von mir wollte … ich kam mir vor wie in einem Film, weil plötzlich diese blonde Schönheit an meiner Tür geklopft hat …«

Mona fiel ihm ins Wort: »Wie genau hat die Frau ausgesehen? Hat sie ihren Namen genannt?«

»Nein, ich weiß nicht, wie sie heißt«, antwortete der Beikoch. Er beschrieb eine Person, bei der es sich höchstwahrscheinlich um Christina Völler handelte. Reep fügte hinzu: »Ich mag Frauen, bin ja auch schon länger Single. Doch die Blonde schien sich nur für Harm Breder zu interessieren. Dabei kenne ich den Mann gar nicht – ich erfuhr erst durch diese Blonde, dass er Geld in den *Hummerhafen* gesteckt hat und der Sohn des Richters ist …«

Die Kommissarin unterbrach ihn abermals: »Wann war die Frau bei Ihnen?«

»Sie ist vor ungefähr zehn Minuten verschwunden. Irgendwie kam sie mir seltsam vor, deshalb wollte ich Ihnen lieber Bescheid geben.«

»Das haben Sie genau richtig gemacht, Herr Reep. – Wir kommen zu Ihnen. Wo wohnen Sie?«

»Am Barbaraweg.«

»In dem Haus mit Personalunterkünften?«

»Ja.«

»Das kenne ich. Wir sind in ein paar Minuten bei Ihnen.«

Mona beendete das Telefonat. Bezahlbarer Wohnraum für die Saisonkräfte der Hotels und Restaurants stellte auf Borkum ein ebenso großes Problem dar wie auf den anderen Nordseeinseln. Es gab nur wenige Unterbringungsmöglichkeiten, und die meisten davon hatte die Kommissarin aus beruflichen Gründen schon einmal betreten.

»Wir müssen los, mein Lieber!«

Enno griff sich seine Lederjacke und eilte ihr nach. Während sie ins Auto stiegen, berichtete sie, was Reep am Telefon gesagt hatte.

»Christina Völler macht weiter mit ihrer Informationssammlung«, stellte der Ostfriese fest. Er fuhr fort: »Wahrscheinlich hat sie durch ihren Liebhaber Mohl erfahren, dass Reep im *Hummerhafen* arbeitet. Dort gesehen haben wird sie den Beikoch wohl nicht, schließlich hat er in der Küche geschuftet, während sie mit seinem Chef flirtete.«

»Die Verdächtige ist vor zehn Minuten wieder verschwunden«, unterstrich die Kriminalistin. »Sie kann schon über alle Berge sein – falls es auf Borkum Berge geben würde.«

»Dünen sind ja auch ganz schön«, erwiderte der Ostfriese schmunzelnd. Sie erreichten die Personalunterkunft innerhalb von wenigen Minuten. Reep wartete an der Tür seines kleinen Zimmers und bat sie herein. Die standardisierte Einrichtung war karg, aber es herrschten Sauberkeit und Ordnung. Er trug jetzt keine Kochjacke, sondern Jeans und ein helles Sweatshirt, das seine breiten Schultern betonte. In der Mini-Bleibe lag nichts herum, vom Fußboden hätte man vermutlich essen können. Ob der Beikoch in der Strafanstalt seine Zelle ebenso gründlich in Schuss gehalten hatte? Die Vermutung lag nahe, doch Mona konzentrierte sich jetzt auf Christina Völlers Besuch: »Es ist gut, dass Sie mich kontaktiert haben, Herr Reep. – Was genau hat die Frau zu Ihnen gesagt?«

»Ach, das war ganz merkwürdig. Sie fragte mich, warum Harm Breder sich für mich eingesetzt hätte. Ich verstand überhaupt nicht, warum sie das behauptete. Ich kenne den Mann doch gar nicht, warum sollte er sich für mich starkmachen?«

»Haben Sie ihr dies auch gesagt?«

»Ja, Herr Moll. Daraufhin erzählte sie mir, dass Harm der Sohn des Richters sei, der mich verurteilt hätte. Das habe ich nicht gewusst. Ich sagte, dass die Polizei mich nach dem Tod des alten Mannes bereits verhört hätte. Sie schien nicht gewusst zu haben, dass der alte Breder nicht mehr lebt. Jedenfalls brach sie in Tränen aus und rannte davon.«

Mona überlegte. Ob diese Reaktion vorgespielt war? Aber warum hätte Christina Völler den Beikoch täuschen sollen, der ja selbst Verdächtiger war und kein Alibi für die Tatzeit hatte? Sprach diese Gefühlsreaktion nicht gegen ihre Tatbeteiligung? Wenn Christina Völler nicht die Mörderin war – konnte sie bisher noch gar nicht mitbekommen haben, dass Wilko Breder nicht mehr lebte? Und – was verband sie mit diesem Mann?

Während ihr eine Frage nach der anderen durch den Kopf schwirrte, wandte Enno sich an Reep: »In welche Richtung ist die Frau verschwunden?«

»Ich glaube, sie ist auf den Campingplatz zugelaufen.«

»Dort gibt es eine Haltestelle des Inselbusses«, dachte der Ostfriese laut nach. »Mit dem könnte sie auch zum Ostland gefahren sein – oder sie hat sich wirklich zu Fuß oder per Bus ins Ortszentrum begeben. Es kann jedenfalls nichts schaden, in der näheren Umgebung nach ihr zu fahnden.«

»Und das werden wir jetzt tun!«, sagte Mona. Mit dem nächsten Satz wandte sie sich an Reep: »Rufen Sie mich bitte an, falls die Frau noch einmal bei Ihnen erscheint?«

»Klar, das mache ich«, versprach der Ex-Strafgefangene: »Hat die Blonde den Richter auf dem Gewissen?«

Die Kommissare ließen die Frage unbeantwortet. Sie verließen das einfache rote Backsteinhaus, in dem sich die Personalunterkünfte befanden. Enno stemmte die Fäuste gegen seine Hüften und ließ seinen Blick durch die Umgebung schweifen.

»Bevor wir wie aufgescheuchte Hühner herumlaufen, sollten wir unsere nächsten Schritte planen. Auf jeden Fall brauchen wir Verstärkung. Inzwischen wird Oltbeck das Foto der Gesuchten an alle Kollegen weitergeleitet haben.«

»Ja, das denke ich auch. Zumindest zwei Einsatzkräfte könnten auf Fahrrädern die Dünen durchkämmen«, ergänzte Mona. Sie fuhr fort: »Außerdem können die Fahrer der Kleinbahn-Busse angefunkt werden. Christina Völler ist ja eine auffällige Erscheinung, jedenfalls für Männer.«

»Damit könntest du richtigliegen«, gab der Oberkommissar schmunzelnd zu. »Falls ein Fahrer die junge Dame also transportiert hat, wird er sich hoffentlich daran erinnern, wo sie wieder ausgestiegen ist.«

»Am besten wäre es natürlich, wenn sie noch im Bus sitzt«, meinte die Kriminalistin, »dort kann sie uns nicht entwischen.«

Doch Mona machte sich keine großen Illusionen, dass dies geschehen würde. Das Borkumer Busnetz war nicht besonders verzweigt. Es führte im Grunde nur vom Fährhafen bis zum Ostland, wobei sich der Inselbahnhof ziemlich in der Mitte zwischen den beiden Endstationen befand. Logischerweise konnte Christina Völler als Buspassagierin schnell eine größere Distanz zurücklegen, als wenn sie zu Fuß unterwegs gewesen wäre. Natürlich war es auch vorstellbar, dass sie sich inzwischen ein Fahrrad gemietet hatte, wie es viele Touristen auf der Insel taten. Borkum verfügte über ein weit verzweigtes Netz von Rad- und Wanderwegen, die größtenteils durch Naturschutzgebiete führten. Doch offenbar war die junge Frau nur aus einem einzigen Grund angereist, nämlich wegen Wilko Breder.

Enno hatte bereits Funkkontakt mit dem Chef aufgenommen. Es dauerte nicht lange, bis ein Streifenwagen mit Polizeimeisterin Aiske Berend und Polizeimeister Claas Lammer an Bord erschien. Wenig später trafen auch die Kollegen Britt Mölders und Hauke Knudsen auf Fahrrädern ein. Der Oberkommissar wandte sich an die Besatzung des Einsatzfahrzeugs: »Ihr sucht am besten im Bereich zwischen Barbaraweg und Franzosenschanze nach der Verdächtigen. Wir wissen nicht, ob sie bewaffnet ist, also achtet bitte auf Eigensicherung. Britt und Hauke, ihr nehmt euch die Wege Richtung Ostland vor. Mona und ich kontrollieren die Straßenzüge zwischen Richthofenstraße und Hindenburgstraße. – Befragt auch Passanten, ob sie eine Person gesehen haben, bei der es sich um Christina Völler handeln könnte.«

»Welcher Verdacht besteht gegen die Frau?«, wollte Polizeimeister Knudsen wissen. Das war eine ausgezeichnete Frage, wie Mona fand. Sie hätte ihre Hand nicht dafür ins Feuer gelegt, dass die Pianistin die Mörderin des Richters war. Je mehr die Kommissare über sie herausfanden, desto unwahrscheinlicher kam es ihr vor.

»Sie hält vermutlich Informationen über den Tod von Wilko Breder zurück«, sagte Enno zu Hauke Knudsen. »Sie soll zunächst einfach nur auf der Dienststelle befragt werden. – Wir alle bleiben natürlich ständig über Funk in Verbindung.«

Die Kollegen schwärmten aus. Mona bezweifelte, dass man mit nur sechs Polizisten eine erfolgreiche Suche organisieren konnte. Doch nach Lage der Dinge konnten sie und Enno froh sein, dass Oltbeck überhaupt Verstärkung geschickt hatte. Die Gedanken des Oberkommissars schienen in dieselbe Richtung zu gehen.

»Ich wüsste nicht, warum Christina sich noch in der Nähe herumtreiben sollte«, meinte er und ließ den Motor an. »Sie wird nach weiteren Informationen über Wilko suchen.«

»Wir könnten uns einfach in der Nähe des Hauses an der Reedestraße positionieren, Enno. Früher oder später wird sie da auftauchen.«

»Ja, daran hatte ich auch schon gedacht. Aber du kennst doch die Umgebung, dort gibt es keine guten Versteckmöglichkeiten. Sicher, wir könnten ihr im Auto auflauern. Aber unsere Karre ist schon von Weitem gut zu erkennen. Wenn sie vorsichtig ist, wird sie sich garantiert nicht in unser Blickfeld begeben – zumal sie jetzt weiß, dass wir sie im Visier haben.«

»Ja, das stimmt leider«, gab die Kommissarin seufzend zurück.

Ihr Kollege betonte: »Es war kein Fehler, dass du ihre Personalien kontrolliert hast. Wenn das nicht geschehen wäre, wüssten wir jetzt noch nicht, mit wem wir es zu tun haben.«

Die aufbauenden Worte des erfahrenen Ermittlers taten ihr gut. Mona konzentrierte sich nun auf die vor ihr liegende Aufgabe. Die nächsten Stunden vergingen mit einer erfolglosen Nahbereichsfahndung. Jedes Mal, wenn sich jemand auf dem Gehweg oder in einem Vorgarten bewegte, schlug Monas Herz schneller. Doch die Enttäuschung folgte stets auf dem Fuß. Schon beim Näherkommen stellte sich heraus, dass keine der Personen Christina Völler auch nur im Entferntesten ähnelte. Nur einmal glaubten die Kommissare, die Gesuchte entdeckt zu haben. Enno trat sofort aufs Gaspedal, als er die Gestalt mit den langen blonden Haaren auf der Geert-Bakker-Straße auf Höhe des ehemaligen Wasserturms entdeckte. Mona machte sich bereit, um aus dem Wagen zu springen und Christina Völler zu stellen. Doch als ihr Kollege überholte, bemerkten die beiden ihren Irrtum: Die vermeintlich Verdächtige erwies sich als ein bärtiger blonder Urlauber. Enno verzichtete auf eine Identitätsprüfung, zumal auch die Gesichtszüge des Mannes keinerlei Ähnlichkeit mit dem Antlitz der Pianistin aufwiesen.

»Heute ist nicht unser Tag«, meinte der Ostfriese auf seine unerschütterliche Art.

Mona verdrehte die Augen. »Ich hätte es drastischer ausgedrückt, aber leider kann ich dir nicht widersprechen«, erwiderte sie.

Allmählich senkte sich die Dämmerung über die Insel. Von der Kaapdelle aus hatten die beiden eine besonders schöne Sicht auf den Horizont, während die untergehende Sonne das Wasser der Nordsee glitzern ließ. Leider konnte Mona diesen Anblick nicht genießen, solange sie Christinas Aufenthaltsort nicht kannte. Sie rief Cordsen an, denn irgendetwas musste sie tun.

»Nee, der Gast ist hier noch nicht wieder erschienen«, erklärte der Hotelier. »Ich war vor ein paar Minuten noch oben, das Siegel an der Zimmertür ist unangetastet. – Wie lange soll das da eigentlich noch kleben bleiben, Mona? Die anderen Gäste werden deshalb schon unruhig, ich weiß gar nicht mehr, was ich ihnen sagen soll.«

»Behaupte doch einfach, dass in deinem Hotel ein Fernsehkrimi gedreht wird!«, fauchte Mona und beendete das Gespräch.

»Dirks Sorgen möchte ich haben«, sagte sie grollend zu Enno.

»Wir wünschen uns alle, dass es eine Lösung gibt«, meinte er, »aber heute wird das nicht mehr klappen.«

Der Oberkommissar nahm Funkkontakt mit den anderen Einheiten auf. Weder die Fahrradpolizisten noch die Kollegen im Streifenwagen hatten es geschafft, Christina Völler zu stellen. Für eine effektive Suche war es inzwischen zu dunkel. Und von Nachtsichtgeräten oder Wärmebildkameras konnte man auf der Borkumer Polizeiwache bestenfalls träumen.

»Wir machen für heute Feierabend«, entschied der Oberkommissar.

Mona hätte am liebsten weitergemacht, aber sie wusste, dass dies nicht vernünftig war. Bevor sich ihre Laune noch weiter verschlechterte, klingelte ihr Smartphone. Wieder erschienen die Worte UNBEKANNTER ANRUFER auf dem Display. Sie vermutete, dass Reep erneut anrief. Doch nachdem sie sich mit Namen und Dienstgrad gemeldet hatte, ertönte eine durch einen elektronischen Verzerrer unkenntlich gemachte Stimme: »Eine blonde Frau ist in großer Gefahr. Sie wird gefangen gehalten.«

Und der Fremde nannte außerdem die Adresse von Wilko Breder.

Kapitel 10

Mona starrte ihr Gerät an, als ob sie einen stinkenden Fisch in der Hand halten würde. Sie hockte immer noch auf dem Beifahrersitz des Dienstwagens.

»Du bist ganz blass geworden«, stellte Enno fest und schaute sie besorgt an. Sie erzählte ihm vom Inhalt des kurzen Telefonats, das der unbekannte Anrufer abrupt beendet hatte. Und sie fügte hinzu: »Ehrlich gesagt würde ich Christina Völler zutrauen, dass *sie selbst* mich angerufen hat. Diese Stimmverzerrer-Programme kann man sich doch inzwischen überall gratis aus dem Internet herunterladen. Sie hat mitbekommen, dass wir nach ihr suchen. Also will sie es uns heimzahlen, indem wir uns vor den Breders blamieren.«

»Das wäre theoretisch möglich, obwohl mir nicht klar ist, woher sie deine Mobilnummer haben könnte, Mona. Du stehst doch gar nicht im Telefonbuch.«

»Darauf kannst du wetten!«

Der Oberkommissar sprach weiter: »Ich befürchte das Schlimmste, denn ich kenne Marieke schon lange. Wenn sie davon überzeugt ist, dass Christina Völler ihren Ehemann getötet hat, dann schwebt die junge Frau in unmittelbarer Lebensgefahr. Ein Scherzanruf von Christina Völler? Ja, vielleicht. Verlassen möchte ich mich darauf nicht.«

Mit diesen Worten fuhr er los und lenkte den Wagen Richtung Reedestraße. Mona überlegte, wer der Anrufer gewesen sein konnte. Sie hatte einen vagen Verdacht, wollte ihn momentan allerdings noch nicht aussprechen. Im Handumdrehen hatten die Kommissare ihr Fahrtziel erreicht. Im Haus des ermordeten Richters brannte Licht. Enno klingelte Sturm. Kurze Zeit später öffnete die Witwe. Sie schaute den Oberkommissar an, würdigte aber nach wie vor dessen Kollegin keines Blickes.

»Moin, hast du Neuigkeiten für mich?«, fragte sie mit tonloser Stimme.

»Ja, *wir* müssen unbedingt mit dir sprechen«, antwortete Enno.

Marieke Breder gab zögernd die Tür frei. Ihre ganze Körpersprache drückte Abwehr aus. Der Polizeibesuch war ihr gar nicht recht. Und Mona zweifelte nicht daran, dass es dafür handfeste Gründe gab. Sie schaute sich unauffällig um, während sie zusammen mit Enno immer noch im Hausflur stand. Gab es Kampfspuren? Zunächst konnte die

Ermittlerin nichts Verdächtiges erkennen. Mona prüfte die Uhrzeit, dann öffnete sie den Mund: »Wo sind denn Ihre Söhne?«

Eine Reaktion blieb aus.

»Meine Kollegin hat dich etwas gefragt«, stellte Enno klar.

Die Witwe seufzte laut und sagte: »Harm hat die letzte Fähre nach Emden genommen, weil er morgen auf dem Festland Termine wahrnehmen muss. Und Lennart ist vor ungefähr einer Stunde aus dem Haus gegangen.«

»Wahrscheinlich zu seiner Freundin?«, hakte Mona nach.

Marieke Breder reagierte, indem sie die Nase rümpfte. So, als ob die Kommissarin etwas Unappetitliches erwähnt hätte. Vielleicht sieht sie ja andere Frauen wirklich so, dachte die Ermittlerin.

»Wir müssen uns in allen Räumen umsehen«, erklärte der Oberkommissar und zog Handschuhe über. Mona folgte seinem Beispiel.

Diese Ankündigung gefiel der Witwe offenbar gar nicht. Sie riss die Augen auf, ihre Unterlippe begann zu zittern. »Dürft ihr das überhaupt? Braucht ihr dafür nicht einen Durchsuchungsbefehl oder wie das heißt?«

»Ein *Durchsuchungsbeschluss* ist bei Gefahr im Verzug nicht nötig«, teilte die Kommissarin Marieke Breder mit.

Diese zeigte mit dem Finger auf Mona und rief anklagend: »Von deinem Lehrling habe ich ja nichts Besseres erwartet, Enno – aber du enttäuschst mich gerade bitter.«

»Wir haben einen anonymen Hinweis bekommen, dem wir nachgehen müssen«, sagte der Oberkommissar. »Hältst du hier eine Person gefangen? Wenn ja, dann sag es uns besser gleich. So kannst du dir weitere Schwierigkeiten ersparen.«

Die Witwe änderte nun ihre Taktik. Sie bestrafte auch den Ostfriesen mit eisernem Schweigen und starrte auf die Wand. Die Kriminalisten begannen damit, die Räume zu durchsuchen. Falls sie Christina Völler nicht antrafen, würden sie den Ärger ihres Lebens bekommen, das war Mona vollkommen bewusst. Marieke Breder war eine Frau, die sich nichts gefallen ließ. Dies galt allerdings auch für die Kommissarin selbst. Sie wollte unbedingt erfahren, was es mit dem Anruf auf sich hatte. Ging hier etwas Ungutes vor sich? Nicht zuletzt das Verhalten der Witwe verstärkte diese Befürchtung nur noch.

Während Enno die Küche überprüfte, ging seine Kollegin weiter den Gang hinunter. Auf den hölzernen Fußbodendielen lag ein langer abgetretener Kokosläufer. Dort entdeckte Mona eine feuchte Stelle von der Größe eines Handtellers. Sie kniete nieder und betastete den Fleck. Hier war offenbar vor Kurzem Wasser verschüttet worden. Direkt daneben stand eine kleine Kommode. Die Kommissarin deutete auf das Möbelstück: »Frau Breder, stand hier gestern nicht noch eine Vase?«

Die Witwe presste die Lippen aufeinander. Mona schaute sich die Oberseite der Kommode genauer an. Hier war das Holz nachgedunkelt, bis auf eine kreisrunde Stelle. Wahrscheinlich, weil dort jahrelang ein Gegenstand seinen Platz gefunden hatte – beispielsweise eine Vase.

Ein Stück weit neben dem Möbelstück gab es eine schmale Tür. Mona probierte die Klinke, es war abgeschlossen.

»Gibt es einen Schlüssel hierfür?«

Abermals verweigerte Marieke Breder eine Antwort. Nun kam Enno zu seiner Kollegin. Er ahnte offenbar, dass sie etwas Wichtiges entdeckt hatte, und warf ihr einen fragenden Blick zu.

»Ich kann mir vorstellen, dass bei einer Auseinandersetzung die Vase zu Bruch gegangen ist. Die Scherben ließen sich leicht beseitigen, aber so schnell trocknet ein Wasserfleck nicht. Und des Rätsels Lösung finden wir vielleicht hinter dieser Tür«, meinte sie. Mona zog eine Haarnadel aus der Hosentasche und bog sie sich zu einem improvisierten Dietrich zurecht. Die Türschlösser im Haus des Richters stammten aus dem vorigen Jahrhundert. Es dauerte keine fünf Minuten, bis die Tür aufging. Dahinter befand sich ein fensterloser Hauswirtschaftsraum. Darin saß Christina Völler auf einem Stuhl – gefesselt, geknebelt und bewusstlos.

*

»Es war reine Notwehr!«

Plötzlich begann Marieke Breder zu sprechen. Sie wandte sich wieder an Enno, während Mona die Gefangene befreite. Der Oberkommissar hatte bereits per Funk einen Notarzt und einen Rettungswagen angefordert. Die Witwe sagte: »Diese Blonde ist vorhin in mein Haus eingebrochen. Ich habe sie überwältigt und eingesperrt.«

»Das ist Freiheitsberaubung«, stellte Enno klar. »Normalerweise ruft man die Polizei, wenn man Opfer eines Eigentumsdelikts wird.«

»Ihr unternehmt ja nichts!«, fauchte die Witwe angriffslustig. »Wenn es nach euch ginge, würde Wilkos Mörderin immer noch frei herumlaufen!«

»Hast du einen Beweis dafür, dass diese Frau deinem Ehemann etwas angetan hat?«

»Nein, aber wer soll es denn sonst gewesen sein?«, erwiderte Marieke Breder auf Ennos Frage.

Mona tastete nach Christina Völlers Puls. Er war schwach, aber vorhanden. Die Kommissarin konnte sich vorstellen, dass diese Frau illegal in das Haus des Richters eingedrungen war. Eine solche Handlung passte zu ihrem übrigen Verhalten. Wahrscheinlich hatte sie durch den Stress das Bewusstsein verloren, äußere Verletzungen konnte Mona bei ihr jedenfalls nicht feststellen. Es dauerte nicht lange, bis der Notarzt und zwei Rettungssanitäter erschienen. Sie transportierten die junge Frau ab. Enno wandte sich an die Witwe: »Wir fertigen von Amts wegen eine Strafanzeige wegen Freiheitsberaubung. Du kommst bitte morgen Vormittag zur Polizeiwache, damit wir deine Aussage aufnehmen können. Du kannst dich auch von einem Rechtsanwalt vertreten lassen.«

»Ich habe mir nichts vorzuwerfen!«, gab Marieke Breder starrsinnig zurück.

Darauf entgegneten die Kommissare nichts. Nachdem der Arzt und die Sanitäter mitsamt der Patientin gegangen waren, verließen auch Mona und Enno das Haus.

»Was für ein Abend!«, brachte der Oberkommissar seufzend hervor.

»Immerhin wissen wir jetzt, wo wir Christina Völler finden«, erwiderte seine Kollegin und klopfte ihm auf die Schulter.

Kapitel 11

Am nächsten Morgen fuhr Mona schon vor Dienstbeginn mit ihrem Fahrrad zum Borkumer Stadtkrankenhaus in der Gartenstraße. Sie wollte so bald wie möglich mit Christina Völler sprechen. Und es sah ganz so aus, als ob die Kriminalistin den richtigen Instinkt gehabt hatte. Als sie nämlich das kleine Hospital betrat und sich nach der Pianistin erkundigen wollte, kam diese ihr entgegen. Christina Völlers Gesichtsausdruck war der einer ertappten Sünderin, wie Mona fand. Die Kommissarin hätte darauf wetten können, dass die mutmaßliche Einbrecherin sich soeben aus dem Staub machen wollte.

»Moin, Frau Völler!«, rief die Ermittlerin mit gespielter Fröhlichkeit und versperrte ihr den Weg. Sie fügte spöttisch hinzu: »Sie sind offenbar auch eine Frühaufsteherin!«

»Ich weiß nicht, was Sie von mir wollen«, entgegnete die Blonde. »Ich kann mich nur noch daran erinnern, dass ich gestern kurz bewusstlos war und der Arzt mich zur Beobachtung über Nacht hierbehalten wollte.«

»Oh, da habe ich aber noch viel mehr Einzelheiten im Gedächtnis«, sagte Mona. Sie hakte sich bei Christina Völler unter, als ob die beiden beste Freundinnen wären. »Beispielsweise besteht gegen Sie der Verdacht des Hausfriedensbruchs, wobei Sie außerdem selbst Opfer einer Freiheitsberaubung wurden. Mein Kollege und ich sind mächtig gespannt, was eigentlich an der Reedestraße vorgefallen ist. – Haben Sie überhaupt schon gefrühstückt? Ich lade Sie ein, allerdings nicht in ein Café, sondern in die Polizeistation.«

»Ich weiß nicht, ob ich damit einverstanden bin …«

»Oh, das war keine Bitte«, betonte die Kriminalistin und warf der Verdächtigen einen harten Blick zu. »Sie wissen, dass Wilko Breder nicht mehr lebt, oder?«

»Damit habe ich nichts zu tun«, behauptete Christina Völler.

»Wir trinken gleich zusammen einen Tee, dann können Sie Ihrem Herzen Luft machen«, sagte Mona.

Die Blonde schien sich in ihr Schicksal zu fügen, jedenfalls unternahm sie keinen Fluchtversuch. Die Kommissarin schob ihr Fahrrad neben sich her und behielt Christina Völler im Auge. Vom Krankenhaus in der Gartenstraße bis zur Wache in der Strandstraße war es nicht allzu weit. Die beiden legten die Strecke schweigend zurück, aber damit konnte Mona leben. Sie war erleichtert über ihre Eingebung, bereits so früh zum Hospital zu fahren. Wenn sie nur einige Minuten später erschienen wäre, hätte die Pianistin schon wieder untertauchen können. Als Mona und Christina Völler das Wachlokal betraten, sagte die Kommissarin: »Moin, Grietje. Könntest du bitte ein paar von deinen legendären Jagdwurststullen schmieren? Und eine Kanne Tee wäre auch schön.«

»Euer Wunsch ist mir Befehl, Mylady«, lautete die freche Erwiderung.

Die Kriminalistin lachte und führte die Verdächtige in ihr Dienstzimmer. Enno staunte nicht schlecht, als seine Kollegin in Begleitung der Pianistin hereinkam.

»Ich möchte Ihnen Oberkommissar Moll vorstellen. Und ich bin Kommissarin Sander, wie Sie gewiss schon mitbekommen haben.«

»Als wir uns zum ersten Mal begegnet sind, war es zu dunkel, um den Namen auf Ihrem Dienstausweis lesen zu können, Frau Sander. Sie haben auf jeden Fall einen bleibenden Eindruck bei mir hinterlassen.«

»Das fasse ich mal als Kompliment auf. – Nehmen Sie doch bitte Platz, Frau Völler. Wir befragen Sie heute als Beschuldigte einer Straftat. Es geht zunächst um das unbefugte Eindringen in das Wohnhaus der Familie Breder. Sie müssen sich nicht selbst belasten und haben das Recht auf anwaltliche Unterstützung.«

Die junge Frau setzte sich auf Monas Besucherstuhl. Sie sagte: »Vielen Dank für den Hinweis, aber ich kann für mich selbst sprechen. – Auf dem Weg hierher habe ich mir die Dinge noch einmal durch den Kopf gehen lassen. Ja, es stimmt: Ich habe ein Fenster aufgehebelt und bin in das Haus eingedrungen. Besonders geschickt habe ich mich dabei offenbar nicht angestellt, jedenfalls blieb ich nicht lange unentdeckt.«

»Erzählen Sie, was sich ereignet hat«, bat Enno. Er hatte sich von seinem Stuhl erhoben und war zu Monas Schreibtisch hinübergegangen, um die Verdächtige ebenfalls im Blickfeld zu haben.

»Die Alte hat mich sofort bemerkt«, berichtete Christina Völler. »Sie ist reaktionsschnell, das muss ich ihr lassen. Sie griff sich ein Küchenmesser und bedrohte mich damit. Dann beschuldigte sie mich, ihren Mann getötet zu haben. Ich war völlig perplex. In diesem Moment hatte ich Todesangst und bekam kein Wort heraus. Frau Breder war viel kaltblütiger als ich. Sie rief nach Lennart, das ist einer ihrer Söhne. So viel habe ich schon herausgefunden. Er staunte nicht schlecht, als er mich in der Gewalt seiner Mutter sah. Er schlug vor, die Polizei zu holen. Doch sie wollte davon nichts wissen. Stattdessen brachte sie ihn dazu, mich zu fesseln und zu knebeln. Ich wurde in diese Kammer gesperrt.«

Diese Information musste Mona erst einmal sacken lassen. Die Neuigkeiten passten immerhin zu ihren eigenen Annahmen. Die Kommissarin hatte vermutet, dass Mariekes jüngerer Sohn zwar an der Freiheitsberaubung beteiligt war oder zumindest davon wusste, später dann aber kalte Füße bekommen hatte und deshalb anonym die Polizei verständigte. Und da er eine Visitenkarte der Ermittlerin hatte, konnte er sie auch direkt anrufen. Einige Momente lang herrschte Schweigen in dem Dienstzimmer, bis Grietje die Tür aufriss. Sie brachte ein Tablett herein, auf dem sich eine Teekanne, Tassen, Kandis, Sahne sowie ein Teller mit belegten Broten befanden.

»Das Spezialfrühstück der Polizei Borkum«, flachste sie, »wohl bekomm's!«

Mit diesen Worten drehte die junge Kollegin sich wieder um und verließ den Raum. Christina Völler schien Appetit zu haben, jedenfalls machte sie sich über die Brote her. Enno goss drei Tassen Tee ein, wobei er sich unauffällig ebenfalls eine Stulle griff. Mona sagte: »Sie sind eine erfolgreiche Konzertpianistin, wenn ich richtig informiert bin. Wir fragen uns, aus welchem Grund Sie in das Haus der Breders eingedrungen sind – zumal Sie vorher die Familie auch schon fleißig ausspionierten. Davon konnte ich mich sogar persönlich überzeugen.«

»Sie meinen unsere nächtliche Begegnung?«, vergewisserte Christina Völler sich kauend. »Da hätte ich schon ahnen können, dass Sie nicht lockerlassen würden, Frau Sander.«

»Sie haben eine gute Menschenkenntnis«, stellte Mona fest. »Haben Sie sich deshalb mit Lars Mohl eingelassen? Weil Sie wussten, dass Sie einen Mann wie ihn um den kleinen Finger wickeln können?«

Die Blonde lachte. »Also, in dem Fall konnte ich das Angenehme mit dem Nützlichen verbinden. Es ist ja kein Geheimnis, dass Harm Breder ein kleines Vermögen in den *Hummerhafen* gesteckt hat. Ich wollte einfach gern wissen, ob dieses Lokal sein Geld wert ist. Über das Essen kann ich nichts Negatives sagen. Und Lars Mohl ist nicht nur auskunftsfreudig, sondern auch attraktiv.«

»Darüber kann man verschiedener Meinung sein«, erwiderte die Kommissarin. »Wir wollen in erster Linie wissen, warum Ihr Interesse an den Breders so groß ist. Sie sind deshalb ja sogar straffällig geworden.«

Die Pianistin seufzte und nahm einen Schluck Tee. »Ja, ich habe die Nerven verloren. Es war falsch, in das Haus einzubrechen. Aber nachdem ich vom Tod meines Vaters erfahren hatte, wollte ich einfach die ganze Wahrheit über diese Familie wissen.«

Die Kommissarin traute ihren Ohren nicht. »Sie behaupten, Wilko Breder sei Ihr Vater gewesen, Frau Völler?«

Die Blonde nickte. Ihre Augen wurden feucht.

*

Mona blickte Enno an. Auch der Oberkommissar hatte mit dieser Wendung nicht gerechnet, das ließ sich von seinem Gesicht deutlich ablesen. Christina Völler redete weiter, während sie die Haut unter ihren Augen mit einem Taschentuch abtupfte: »Bin ich noch ganz bei Trost? Ich weine um diesen Mann, der sich nie um mich gekümmert hat und dem ich wahrscheinlich auch völlig gleichgültig war. Das habe ich angenommen. Deshalb wollte ich ihn erst ausspionieren, bevor ich ihm vor die Augen trete. Wie hätte ich ahnen können, dass Wilko Breder ausgerechnet jetzt umgebracht wird? Das ist doch der Grund, weshalb Sie sich mit der Familie befassen, oder?«

»Nachdem es zunächst Anzeichen für eine natürliche Todesursache gab, gehen wir inzwischen von einem Tötungsdelikt aus«, antwortete der Ostfriese im besten Beamtendeutsch.

Die junge Frau nickte und zeigte ein süßsaures Lächeln. »Nun verstehe ich, warum ich Ihnen verdächtig vorkommen muss! Aber ich wollte diesen Mann nicht töten, sondern endlich kennenlernen.«

»Sie sind erwachsen«, betonte die Kommissarin, »warum haben Sie so lange damit gewartet, Ihren Vater aufzusuchen?«

»Weil ich erst vor Kurzem seinen Namen erfahren habe, Frau Sander. – Meine Mama war sehr stolz, sie hat mich allein aufgezogen und mein musikalisches Talent gefördert. Das Geld war bei uns stets knapp, aber den Klavierunterricht hat sie mir trotzdem ermöglichen können. ›Wir helfen uns selbst‹ – das war immer ihr Motto. Andere Kinder hatten einen Vater, und ich … nun, für mich gab es nur meine Mutter und das Piano. Als ich klein war, dachte ich mir nichts dabei, obwohl ich gelegentlich nach meinem Papa fragte. Doch Mama wich mir aus. Als sie vor einem halben Jahr starb, verriet sie mir endlich seinen Namen. Er war schon verheiratet, als er sich mit meiner Mutter einließ. Ich glaube nicht, dass er jemals Unterhalt für mich gezahlt hat.«

»Das Geld hätte Ihnen zugestanden«, gab Enno zu bedenken.

»Ja, Herr Moll. Inzwischen weiß ich das auch. Aber meine Mutter war eigensinnig, und dank der Musik geht es mir inzwischen auch finanziell gut. In meiner Kindheit fand ich es nicht schlimm, dass wir knapp bei Kasse waren. Ich kannte es ja nicht anders.«

War diese Aussage glaubhaft? Mona führte sich vor Augen, dass Christina Völler offenbar erst durch Sören Reep vom Tod des Richters erfahren hatte. Aus welchem anderen Grund hätte sie vor dem Beikoch in Tränen ausbrechen sollen? Aber warum war sie überhaupt zu ihm gegangen? Genau diese Frage stellte die Kommissarin nun. Christina Völler antwortete: »Lars Mohl spielte sich mir gegenüber als der große Wohltäter auf. Ich mag ihn, halte ihn aber auch für einen Angeber. Als er beiläufig erwähnte, dass er auf Harm Breders Empfehlung hin einen ehemaligen Strafgefangenen eingestellt hatte, war mein Interesse geweckt. Ich wollte überprüfen, ob diese Geschichte überhaupt stimmt. Es ging mir einfach darum, so viel wie möglich über meinen Vater und seine eigentliche Familie zu erfahren.«

»Und woher wussten Sie, wo Reep wohnt?«, warf der Oberkommissar ein.

Die Blonde zuckte mit den Schultern. »Das war nicht schwer herauszufinden. Mohl hatte mir erzählt, wie schwierig es sei, Wohnraum für Personal auf Borkum zu mieten. Dabei sprach er über diese Unterkunft. Dort fragte ich mich einfach zu Reep durch.«

Mona nickte und sagte: »Ich verstehe, dass Sie etwas über Ihren leiblichen Vater erfahren wollten. Aber was erhofften Sie sich von dem Einbruch?«

»Das weiß ich auch nicht so genau. Vielleicht war er im Besitz von Dokumenten, die etwas über sein Leben zur Zeit meiner Geburt aussagten? Aber wenn ich genauer darüber nachdenke, ist das nicht so wahrscheinlich. Er wird eher versucht haben, jeden Hinweis auf meine Existenz verschwinden zu lassen, oder?«

Die Kommissarin wusste nicht, ob Christina Völler auf ihre Frage wirklich eine Antwort erwartete. Sie selbst nannte nun den ungefähren Todeszeitpunkt des Richters und erkundigte sich nach dem Alibi der jungen Frau.

Die Pianistin hob die Schultern und sagte: »Es tut mir leid, aber während dieser Stunde hatte ich das Hotel bereits verlassen und bin über die Insel gestreift. Das kann niemand bestätigen, soweit ich weiß. Also käme ich als Mörderin meines Vaters infrage. Aber warum hätte ich das tun sollen, nachdem ich ihn endlich gefunden hatte?«

Darauf erwiderte weder Mona noch Enno etwas, denn in diesem Moment wurde erneut die Tür aufgerissen. Grietje betrat den Raum, und sie war nicht allein.

»Hier ist noch mehr Besuch für euch!«, verkündete die sommersprossige Polizeimeisterin.

Marieke Breder kam herein und zuckte zusammen, als sie Christina Völler bemerkte.

Kapitel 12

Die Witwe richtete ihren Zeigefinger wie eine Waffe auf die Blonde. »Hat diese falsche Schlange Lügen über mich erzählt?«, fauchte sie. »Und warum sitzt sie noch nicht hinter Schloss und Riegel? Seit wann lässt man Einbrecherinnen einfach davonkommen?«

»Frau Völler hat diese Tat bereits gestanden und wird sich dafür verantworten müssen«, erklärte der Ostfriese, »aber auch du kannst deine Hände keineswegs in Unschuld waschen, Marieke.«

»Ich zeige Frau Breder nicht an, mir ist ja eigentlich nichts passiert. Ich bin nur ohnmächtig geworden, weil ich in dieser engen Kammer eine Panikattacke bekam«, sagte Christina Völler. Sie schien nicht wütend zu sein, während Marieke Breder sie mit ihren Blicken am liebsten erdolcht hätte.

»Das spielt keine Rolle«, stellte Mona klar und fuhr fort: »Freiheitsberaubung ist ein Offizialdelikt, da müssen wir schon von Amts wegen tätig werden.«

Marieke Breder rang nach Luft. Enno schaffte es wieder einmal, die Situation zu entschärfen: »Frau Völler, für den Moment ist ja alles gesagt. Wir melden uns bei Ihnen, falls es noch weitere Fragen gibt.«

Mit diesen Worten geleitete er die Pianistin nach draußen, wobei er seinen imposanten Körper zwischen Christina Völler und die Witwe schob.

Einen Moment lang war Mona allein mit Marieke Breder. Keine von beiden schien ein Gespräch beginnen zu wollen. Gleich darauf kehrte der Oberkommissar zur großen Erleichterung seiner Kollegin zurück. Sie war sicher, dass die Witwe ähnlich empfand. Er bot Marieke Breder seinen Besucherstuhl an und bat sie, die Ereignisse des vorigen Abends aus ihrer Sicht zu schildern. Sie sagte: »Ich hatte gerade in der Küche geputzt, als ich verdächtige Geräusche aus meinem Nähzimmer hörte. Jemand hatte das Fenster aufgehebelt, mich aber nicht bemerkt. Also holte ich mir schnell ein Messer. Als diese Person dann in mein Haus eingedrungen war, habe ich sie in Schach gehalten und gefesselt sowie geknebelt.«

»Das hast du ganz allein getan?«, vergewisserte Enno sich.

Die Witwe nickte. Sie will Lennart aus der Sache heraushalten, ging es Mona durch den Kopf. Bevor sie darüber genauer nachdenken konnte, fuhr Marieke Breder fort: »Ich hätte schon noch die Polizei gerufen, aber erst wollte ich der Frau ein Mordgeständnis entlocken.

Da seid ihr mir aber zuvorgekommen. – Hat sie denn nun zugegeben, meinen Wilko getötet zu haben?«

Enno schüttelte den Kopf. »Wir haben etwas ganz anderes von ihr erfahren, Marieke.«

»Was denn?«

»Christina Völler sagt aus, dass sie die Tochter deines Mannes sei.«

Nachdem der Oberkommissar die Bombe hatte platzen lassen, trat Mona unauffällig ein paar Schritte zur Seite. Aus ihrer vorherigen Sitzposition konnte sie nämlich nur den Rücken der Witwe sehen. Und die Ermittlerin wollte unbedingt ihr Mienenspiel beobachten. Marieke Breder sah empört, aber nicht komplett überrascht aus. So wirkte ihr Gesichtsausdruck zumindest auf die Kommissarin.

»Das ist eine bodenlose Frechheit!«, brachte die Witwe hervor, nachdem sie ihre Schrecksekunde überwunden hatte.

»Uns geht es nur um die Wahrheitsfindung«, sagte Enno mit einem beruhigenden Unterton. »Falls du dich verleumdet fühlst, können wir einen amtlichen Vaterschaftstest anordnen lassen, dafür würde schon ein Haar deines Ehemanns ausreichen. Dann hast du eine hundertprozentige Gewissheit.«

Marieke Breder wurde blass und senkte den Kopf. Von ihrer Gereiztheit und ihrem Zorn war in diesem Moment nichts mehr zu bemerken. Mona hätte wetten können, dass diese Frau wusste oder zumindest ahnte, dass ihr Gatte nicht immer treu gewesen war. Die Kommissarin hielt den Mund, auch wenn es ihr schwerfiel. Sie selbst war für die Witwe ein rotes Tuch, daran gab es keinen Zweifel. Es brachte mehr, wenn Enno weiterhin das Gespräch führte.

»Ich habe es schon lange befürchtet«, murmelte Marieke Breder. »Eines Tages würde ein Kind vor der Tür stehen, das von Wilko gezeugt wurde. – Er hat immer so viel von Moral und Gerechtigkeit gesprochen. Aber mir war bewusst, dass Frauen seine große Schwäche waren. Zum Glück habe ich von seinen Affären nichts mitbekommen, denn hier auf der Insel war er stets der ehrenhafte Familienmann. Ich möchte gar nicht wissen, was er auf dem Festland getrieben hat. Manchmal ist es für eine Ehefrau besser, wenn sie die Augen vor der Wirklichkeit verschließt.«

»Einen Beweis für seine Untreue hattest du nicht?«

»Nein, Enno. Eine Frau spürt so etwas. – Auch Birte würde merken, wenn du einen Seitensprung begehst. Ich hoffe sehr, dass du bei *ihr* standhaft bleibst.«

Mit diesen Worten deutete sie auf Mona. Die Kommissarin konnte diese Unterstellung unmöglich ernstnehmen. Erstens hatte sie noch niemals versucht, ihren Arbeitskollegen anzubaggern. Und zweitens betrachtete sie Ennos Gattin Birte beinahe als eine Freundin – nicht zuletzt, weil Monas Hund Rufus als Dauergast bei den Molls wohnte. Ihre eigene Wohnung war leider viel zu klein für die riesige Dogge. Die Ermittlerin verstand nun viel besser, warum die Witwe so ablehnend auf junge Frauen reagierte. Sie sah wahrscheinlich in ihnen allen potentielle Verführerinnen.

»Um *meine* Standhaftigkeit musst du dir keine Gedanken machen«, betonte der Ostfriese, »und falls Christina Völler etwas mit Wilkos Tod zu tun hat, werden wir das herausfinden. – Sind dir denn noch andere Frauen bekannt, mit denen er eine Affäre gehabt haben könnte? Du sagtest, dass dein Mann sich hauptsächlich auf dem Festland vergnügt hätte. Aber er war ja schon einige Zeit lang pensioniert und befand sich zuletzt nur noch auf Borkum. Hat Wilko denn hier auf der Insel nicht nach Liebesabenteuern gesucht?«

Ennos Stimme klang angenehm und verständnisvoll, als er diese Frage stellte. Natürlich wusste er ebenso gut wie seine Kollegin, dass Marieke Breder von einer grenzenlosen Eifersucht getrieben wurde. Mona konnte sich nicht vorstellen, dass die Witwe selbst ihren Ehemann auf dem Gewissen hatte. Ein solcher Mord passte einfach nicht zu dem Gesamteindruck, den die Kriminalistin von der Gattin des Richters gewonnen hatte. Aber vielleicht war ihre starke Abwehrhaltung gegenüber jungen Frauen ein möglicher Auslöser für das Verbrechen gewesen. Während Monas Überlegungen in diese Richtung gingen, lauschte sie weiterhin dem Wortwechsel zwischen dem Oberkommissar und der Witwe.

»Ich weiß es nicht«, behauptete Marieke Breder. »Eigentlich hatte ich gehofft, dass Wilko auf seine alten Tage ruhiger werden würde. Und er war ja auch nicht mehr ganz gesund. Wegen seiner Herzerkrankung wurde er regelmäßig auf dem Festland von einem Spezialisten untersucht.«

»Und diese Termine hätte er nicht nutzen können, um sich außerdem mit Frauen zu treffen? So oft verkehren ja die Autofähre und der Katamaran nicht zwischen Emden und Borkum. Da wäre vielleicht noch Zeit für ein gelegentliches Treffen gewesen«, gab Enno zu bedenken.

»Ja, vielleicht«, erwiderte die Witwe. Sie wirkte nun kleinlaut, während sie beim Eintreten in das Dienstzimmer noch sehr angriffslustig gewesen war.

»Du verschweigst uns etwas«, sagte Enno ihr auf den Kopf zu. Mona musste sich eingestehen, dass sie selbst nicht zu dieser Schlussfolgerung gekommen wäre. Ihr Kollege kannte Marieke Breder eben seit vielen Jahren, und er verfügte auch über weitaus mehr Diensterfahrung als die Kommissarin. Ihr war bewusst, dass sie noch viel lernen musste, auch wenn der Oberkommissar es sie nicht spüren ließ.

»Vielleicht ist es nur ein Hirngespinst von mir«, räumte die Witwe ein, »aber es kam mir so vor, als ob Wilko sich seit einigen Wochen brennend für die Verkäuferin in der Inselbäckerei interessiert. Ich spreche von der Filiale vorn an der Deichstraße.«

»Von eurem Haus bis dorthin ist es ein gemütlicher Spazierweg von vielleicht zehn Minuten«, meinte Enno.

»Ja, richtig. Und Wilko erklärte sich sehr eifrig dazu bereit, dort die Frühstücksbrötchen zu holen. Anfangs glaubte ich noch, dass er sich einfach etwas Bewegung verschaffen wollte. Aber irgendwann erwachte mein Misstrauen wieder. Ich folgte ihm unauffällig mit dem Fahrrad. Und dann sah ich, wie diese schamlose Person mit meinem Mann flirtete.«

»Dort arbeiten doch verschiedene Frauen«, gab der Ostfriese zu bedenken. »Wie kannst du sicher sein, dass es nicht nur um den Brötchenkauf ging?«

»Enno, nach all den Ehejahren kenne ich doch Wilkos Geschmack. Dieses Flittchen passte genau in sein Beuteschema.«

Der Kriminalist bat die Witwe um eine möglichst genaue Beschreibung der jungen Frau. Mona schrieb mit, während Marieke Breder sprach. Die Kommissarin konnte sich nicht vorstellen, dass eine so exakte Schilderung nach ein paar flüchtigen Blicken möglich gewesen war. Vermutlich hatte die Witwe die Verkäuferin bei anderen Gelegenheiten genau beobachtet. Überprüfen ließ sich dies nicht – noch nicht.

»Aber Beweise für einen Seitensprung deines Mannes mit dieser jungen Frau hast du nicht?«, hakte Enno nach, als Marieke Breder ihre Aussage gemacht hatte.

»Nein, das nicht. Mir reicht meine jahrzehntelange Erfahrung als Ehefrau. – Glaubst du, dass dieses Luder Wilko auf dem Gewissen haben könnte? Vielleicht, weil er mich und die Jungs nicht wegen ihr verlassen wollte?«

»Darüber musst du dir keine Gedanken machen!«, gab der Oberkommissar scharf zurück. Obwohl er meist entgegenkommend und jovial auftrat, konnte er sehr bestimmend sein, wenn es ihm notwendig erschien. Er fuhr fort: »Ehrlich gesagt hast du schon genug Unheil angerichtet, indem du Christina Völler mit einem Messer bedroht und eingesperrt hast. Du hältst jetzt besser die Füße still und überlässt uns die Aufklärung dieses Falls.«

»Schon gut, reg dich nicht auf. Ich werde schon keine Dummheiten machen.«

Wollen wir es hoffen, dachte Mona. Die nächste halbe Stunde verging damit, dass die Kommissarin Marieke Breders Aussage zur Freiheitsberaubung schriftlich niederlegte. Wieder ließ die Witwe Lennarts Rolle komplett außen vor, was von den Ermittlern nicht kommentiert wurde. Die Kriminalistin dachte sich ihren Teil, und sie war sicher, dass es ihrem Kollegen genauso ging. Nachdem die alte Dame das ausgedruckte Protokoll durchgelesen und unterschrieben hatte, durfte sie gehen. Mona schaute auf die Tür, die Marieke Breder hinter sich geschlossen hatte.

»Das war knapp, mein Lieber! Ich befürchtete schon, dass die beiden einander an die Gurgel gehen würden, nachdem sie hier aufeinandertrafen.«

Enno nickte, er wirkte etwas geistesabwesend. »Mir bereitet eine ganz andere Tatsache Kopfzerbrechen.«

»Nämlich?«, hakte die Kommissarin nach.

»Die Beschreibung von Wilkos angeblicher Geliebten aus der Bäckerei trifft hundertprozentig auf Clara Nagel zu – die ja angeblich die Freundin seines Sohns Lennart ist.«

Kapitel 13

Mona wunderte sich nicht darüber, dass ihr Kollege die Bäckerei-verkäuferin kannte. Er war mit vielen Inselbewohnern per Du, ihre Lebensgeschichten waren ihm geläufig. Und wenn eine Saisonkraft nur lange genug auf Borkum verweilte, behielt der Ostfriese auch ihren Namen im Gedächtnis. Außerdem wohnte er ebenfalls nicht weit von dieser Filiale der Inselbäckerei entfernt. Da er gern und viel aß, konnte die Ermittlerin sich Enno auch gut als einen Stammkunden in diesem Backwaren-Paradies vorstellen.

»Lass uns die Fakten ordnen«, bat sie. »Fangen wir mit Lennart an. – Sind wir uns einig darüber, dass es sich bei dem anonymen Anrufer um ihn handelt?«

»Ja, das ist die einzig plausible Erklärung«, antwortete ihr Kollege und fuhr fort: »Lennart musste seiner Mutter dabei helfen, das Opfer zu fesseln und einzusperren. Vielleicht bekam er mit, wie Christina das Bewusstsein verlor. Da wurde ihm die Sache zu heiß, aber gegen Marieke konnte er sich nicht durchsetzen. Also verdrückte er sich und rief dich mithilfe eines Stimmverzerrers an. Übrigens hatte er auch deine Mobilnummer, was gewiss nicht auf viele Personen zutrifft.«

»Gut, wegen seiner Rolle bei der Freiheitsberaubung müssen wir den jungen Mann ins Gebet nehmen«, meinte Mona, »aber ich traue ihm nicht zu, etwas mit dem Tod seines Vaters zu schaffen zu haben.«

»Du bedenkst nicht, dass er kein brauchbares Alibi für den Tatzeitraum hat.«

»Das habe ich keineswegs vergessen, mein Lieber. Allerdings glaube ich, dass dies nur aus Schusseligkeit geschah. Das heißt: ich *glaubte* es – bis ich eben von Claras möglicher Rolle als die Geliebte seines Vaters erfuhr.«

Der Oberkommissar schüttelte den Kopf. »Mir fehlt die Fantasie, mir diese junge Frau und den pensionierten Richter als Liebespaar vorzustellen«, gestand er.

Mona zuckte mit den Schultern. »Manche Damen fühlen sich zu grauen Schläfen bei Herren hingezogen.«

»Das soll jetzt aber keine Anmache werden, oder?«

»Du bist doof!«, rief Mona lachend und warf ihm ein Radiergummi an den Kopf. »Lass uns lieber zur Deichstraße fahren. Ich möchte

Clara Nagel endlich mal persönlich sehen, bisher habe ich ja nur mit ihrem Chef telefoniert. – Weißt du zufällig, ob sie heute arbeitet?«

»Versuch macht klug«, erwiderte Enno lächelnd.

Die beiden setzten sich in ihren Dienstwagen. Während der Ostfriese den Motor startete, dachte Mona laut nach: »Clara fällt übrigens als Verdächtige durchs Raster, weil sie zur Tatzeit gearbeitet hat. Und ihren Freund habe ich als einen sanften Träumer wahrgenommen. Ich würde auch nicht unterstellen wollen, dass bei ihm eine Tötungsabsicht vorlag. – Angenommen, Wilko und Clara hatten wirklich ein Verhältnis. Lennart findet es heraus und ist grenzenlos enttäuscht. Vielleicht liebt er die Frau wirklich, wer weiß? Er stellt seinen Vater zur Rede, doch der überzieht ihn nur mit Spott: Du bist nicht nur beruflich ein Versager, selbst bei Frauen ziehst du den Kürzeren. Lennart sieht rot, packt Wilko an der Kehle. Er drückt versehentlich so stark auf den Nervus vagus, dass der Richter verstirbt. Der Sohn erschrickt angesichts seiner Tat und macht sich aus dem Staub, bevor ihn jemand entdeckt.«

»Ja, so könnte es sich abgespielt haben«, sagte Enno. Er fügte hinzu: »Und zu deiner Darstellung passt auch der lautstarke Streit zwischen zwei Männern, den die Nachbarin am Vorabend gehört haben will. Es könnten Wilko und Lennart gewesen sein, die wegen Clara aneinandergerieten. Und am nächsten Tag setzten sie den Zwist fort – mit tödlichem Ausgang.«

»Schön und gut, aber wie passt der zweite Einbruch in dieses Bild – der bei Mohl?«, fragte die Kommissarin. Dann sagte sie: »Eine Zeit lang hielt ich Christina Völler für verdächtig, weil sie alle möglichen Informationen über die Familie ihres Vaters zusammentrug. Den Hausfriedensbruch bei den Breders kann sie nicht leugnen, da wurde sie ja auf frischer Tat ertappt. Aber ob sie das Eigentumsdelikt bei Mohl begangen hat, lässt sich schwer einschätzen. In ihrem Hotelzimmer habe ich das Notebook jedenfalls nicht gesehen. Hätte sie es nicht aufbewahrt, wenn sie darin nach Hinweisen sucht?«

»Falls Christina Völler das Gerät gestohlen hätte, würde sie es dort deponiert haben. Ein anderer Ort fällt mir jedenfalls nicht ein«, erwiderte Enno.

Er parkte ein Stück weit neben der Bäckerei. Eine Ladenglocke bimmelte, als die Kommissare den Verkaufsraum betraten. Da einige andere Kunden vor ihnen an der Reihe waren, konnte Mona sich in Ruhe umschauen und Lennarts Freundin unauffällig mustern. Es roch verführerisch nach frisch gebackenem Brot und Kuchen. Die Auslagen waren mit appetitlich aussehenden Teilchen gefüllt, von der traditionellen Ostfriesentorte bis zu den von Mona so geliebten Mandelbögen. Die auf Borkum hochgeschätzten Windbeutel durften natürlich auch nicht fehlen. Auch wenn Mona das Wasser im Mund zusammenlief, konzentrierte sie sich doch hauptsächlich auf die beiden Arbeitskräfte hinter der Theke.

Da die zweite Verkäuferin im Alter von Monas Mutter war, gab es für die Kriminalistin keinen Zweifel daran, bei wem es sich um Clara Nagel handelte. Lennarts Freundin und die mögliche Geliebte seines Vaters war ungefähr eins siebzig groß und schlank. Ihr kastanienbraunes Haar hatte sie zu einem Zopf geflochten. Offenbar verbrachte sie ihre freie Zeit vorzugsweise an der frischen Luft, darauf ließ zumindest ihr frischer Teint schließen. Sie blickte den Kunden ins Gesicht, während sie diese bediente. Und ihr Lächeln wirkte nicht gekünstelt, sondern aufrichtig.

»Moin, Enno! Was darf es heute sein?«, fragte sie, als der Oberkommissar an der Reihe war.

»Wir sind momentan dienstlich hier«, antwortete er und warf einen bedauernden Blick auf die lecker aussehenden Gebäckstücke. »Ich möchte dir zunächst meine Kollegin Kommissarin Sander vorstellen, Clara.«

»Wenn du mit Enno per Du bist – ich heiße Mona«, sagte die Ermittlerin und schaute die Verkäuferin freundlich an. In diesem Moment hoffte die Kriminalistin wirklich, dass Clara Nagel unschuldig wäre. Sie fand diese Frau nämlich auf Anhieb sympathisch. Sie hoffte, dass ihr Urteilsvermögen nicht unter diesem Gefühl litt. Aber Mona war eben auch nur ein Mensch.

Die Verkäuferin nickte und sagte: »Ich verstehe, ihr seid gewiss wegen meinem Freund Lennart und seinem Vater hier. – Rita, kann ich meine Pause vorziehen?«

»Das geht schon in Ordnung«, erwiderte ihre Kollegin. »Momentan ist ja nicht allzu viel los.«

Clara Nagel legte ihre Schürze ab und gab den Kommissaren mit einer Kopfbewegung zu verstehen, dass sie ihr folgen sollten. Sie führte die beiden durch einen schmalen Gang in einen Hof hinter dem Gebäude, der von einem Maschendrahtzaun umfriedet wurde und in dem Mülltonnen und leere Backwarenstiegen standen.

»Hier dürfte ich rauchen, wenn ich es tun würde«, sagte die Verkäuferin und strich eine Haarsträhne hinter ihr linkes Ohr. »Lennart hat mir erzählt, dass sein Vater an seiner Herzkrankheit verstorben ist. Ich wundere mich, dass die Polizei sich für seinen Tod interessiert.«

»Inzwischen hat sich herausgestellt, dass Wilko Breder ermordet wurde«, erklärte Enno mit ruhiger Stimme. »Kannst du dir vorstellen, wer ihn auf dem Gewissen haben könnte?«

Die Nachricht vom unnatürlichen Tod des pensionierten Richters schien Clara Nagel zu schocken. Sie schlug sich die flache Hand vor den Mund, ihre Verblüffung wirkte echt.

»Und … es ist kein Irrtum möglich?«

»Momentan müssen wir von einem Verbrechen ausgehen«, sagte Mona. Sie schob gleich eine Frage nach: »Hast du Wilko Breder gut gekannt?«

»Naja, er war ein Stammkunde … wenn man weiß, welche Art Brötchen jemand bevorzugt, dann habe ich ihn schon gut gekannt. Und natürlich weiß ich, dass er der Vater von meinem Freund war.«

»Wie würdest du das Verhältnis zwischen den beiden beschreiben?«

»Lennart ist ein Künstler, und damit kam sein Papa überhaupt nicht zurecht«, behauptete die Verkäuferin. »Herr Breder war immer nett und korrekt, aber gleichzeitig auch sehr altmodisch. Er hätte es gern gesehen, wenn seine Söhne in seine Fußstapfen getreten wären, was aber nicht geschehen ist. – Ich könnte mir Lennart unmöglich als Richter oder Rechtsanwalt vorstellen.«

Ich auch nicht, dachte Mona. Was die väterlichen Wünsche zur beruflichen Entwicklung der Breder-Brüder anging, so stimmten Claras Aussagen mit den bisherigen Informationen überein. Darum ging es momentan allerdings höchstens indirekt. Die Kommissarin erkannte, dass sie tiefer bohren musste. Sie fragte direkt: »War Wilko Breder für dich wirklich nur ein guter Kunde und der Papa deines Freundes?«

»Ja, auf jeden Fall. Zweifelst du daran?«

»Wir sind keine Moralapostel, sondern Mordermittler«, stellte die Kommissarin klar. »Falls du eine Affäre mit dem pensionierten Richter hattest, verurteilen wir dich deshalb nicht. Wir müssen es nur wissen, das ist alles.«

»Da war nichts zwischen uns!«, beteuerte die junge Frau. Sie fügte zögernd hinzu: »Obwohl Herr Breder mich manchmal so anschaute, als ob er mich … am liebsten ohne Kleider sehen würde.«

»Solche Blicke von Kerlen kenne ich«, stellte Mona trocken fest.

Clara Nagel betonte: »Ich auch, aber Lennarts Vater hat nie einen echten Annäherungsversuch gemacht.«

»Hast du mit deinem Freund darüber gesprochen, wie sein Vater dich angesehen hat?«

»Nein, Mona. Das war doch völlig harmlos. Von einigen Urlaubern muss man sich ganz andere Frechheiten anhören. Ich habe mich jedenfalls von Herrn Breder nie unter Druck gesetzt oder bedrängt gefühlt.«

Ob diese Behauptungen stimmten? Dieser Frau musste bewusst sein, dass sie mit der Polizei sprach. Wenn Clara Nagel nicht völlig naiv war, dann würde sie erkennen, dass es einen Verdacht gegen ihren Freund gab. Ob sie ihn mit ihrer Aussage schützen wollte? Ennos Überlegungen schienen in dieselbe Richtung zu gehen.

»Wo war dein Freund an dem Abend, bevor sein Vater starb?«

»Da sind wir die ganze Zeit über zusammen gewesen!«, antwortete die Verkäuferin schnell. »Erst haben wir im Il Faro eine Pizza gegessen, dann gingen wir zu mir. Lennart hat bei mir übernachtet, wie er es oft tut.«

Also gibt sie ihm ein Alibi für den Abend des Streits, dachte Mona, *doch für die eigentliche Tatzeit nicht. Das ist ja auch nicht möglich, weil sie zu der Zeit hinter der Verkaufstheke gestanden hat.*

»Und was ist mit gestern Abend?«, wollte die Kommissarin wissen.

Clara Nagel schaute sie verständnislos an und sagte: »Gestern Abend? Da war doch Herr Breder schon tot!«

»Beantworte bitte einfach meine Frage.«

»Ja, natürlich, Mona. – Also, die meiste Zeit war Lennart bei mir. Allerdings musste er noch eine Stunde lang seiner Mutter helfen. Es ist für ihn nicht einfach. Auch wenn mein Freund sich mit seinem Papa nicht gut verstanden hat, so lässt ihn doch der Verlust nicht kalt.«

Diese Angaben deckten sich mit dem Ablauf, den die Ermittler schon in Erfahrung gebracht hatten.

»Hat Lennart verraten, wobei genau er seine Mutter unterstützen sollte?«

Die Verkäuferin beantwortete Monas Frage mit einem Kopf-schütteln. Die Kommissarin konnte sich nicht vorstellen, dass der junge Mann seine Freundin zur Mitwisserin einer Straftat gemacht hatte. Dafür gab es zumindest keinen einleuchtenden Grund. Trotzdem kam es der Kriminalistin so vor, als ob Clara Nagel etwas vor ihr verbergen würde.

»Kam dir Lennarts Vater in letzter Zeit verändert vor, wenn er den Laden als Kunde aufgesucht hat?«, wollte die Ermittlerin wissen. »Wirkte er verängstigt oder bedrückt?«

»Also, mir ist an ihm nichts aufgefallen. Allerdings haben wir nie mehr als ein paar Sätze miteinander gesprochen. Man kann ja hier nicht in Ruhe plaudern, wenn noch viele andere Kunden auf Bedie-nung warten. – Da fällt mir ein: Dauert das hier noch lange? Rita muss momentan ganz allein hinter der Verkaufstheke stehen.«

»Nein, wir sind hier fertig. Oder, Enno?«

Der Ostfriese nickte. Mona bedankte sich und ließ sich noch die Mobilnummer der Bäckereiverkäuferin geben. Dann verließen die beiden das Geschäft.

Der Oberkommissar warf einen sehnsuchtsvollen Blick über die Schulter. »Wir hätten uns noch ein paar Windbeutel mitnehmen können«, meinte er.

Seine Kollegin lachte und kniff ihm spielerisch in die Wange. »Du willst dir doch nicht den Appetit auf das Mittagessen verderben, oder?«, fragte sie. Nach den Gesprächen mit Christina Völler, Marieke Breder und Clara Nagel neigte sich der Vormittag bereits dem Ende zu.

»Was sagst du denn zu dem schicken Ring der jungen Frau, mein Bester?«

»Ein Ring? Ist mir nicht aufgefallen.«

»Männer!«, rief Mona und verdrehte lächelnd die Augen. »Das war kein Modeschmuck, sondern ein Designerstück. Er ist mindestens ein paar Tausend Euro wert, wenn ich mich nicht irre.«

»Wie kann Lennarts Freundin sich ein solches Kleinod leisten?«

»Das ist die entscheidende Frage«, meinte die Kommissarin.

Kapitel 14

Zunächst beschäftigten die beiden sich mit der Entscheidung, wo sie ihre Pause machen sollten. Die Wahl fiel diesmal auf das *Lord Nelson*. Die Kommissare stellten ihr Auto bei der Polizeiwache ab und gingen die wenigen Schritte zu dem beliebten Treffpunkt in der Bismarckstraße hinüber. Bei dem schönen Wetter entschieden sie sich für einen Tisch im Außenbereich. Mona liebte es, vor einem dieser Lokale zu sitzen und die vorbeiflanierenden Urlauber zu beobachten. Nachdem sie Burger und Salat bestellt hatten, nahm Enno einen Schluck von seinem alkoholfreien Bier und sagte: »Wir sollten nicht vom Schlimmsten ausgehen, das Geld für den Schmuck muss nicht zwangsläufig aus dunklen Quellen stammen. Clara kann den Ring auch geschenkt bekommen haben.«

»Richtig, und zwar von einem Verehrer! Und da musste ich sofort wieder an Wilko denken. Er war zweifellos vermögender als sein musisch begabter Sohnemann«, erwiderte Mona.

»Also hatte die junge Frau doch ein Verhältnis mit Wilko?«

»Wenn ich das wüsste!«, stieß die Kommissarin seufzend hervor. »Irgendetwas an ihr kommt mir faul vor, obwohl ich sie vom ersten Eindruck her sympathisch finde.«

»Als Mörderin fällt sie durchs Raster, ihr Alibi für die Tatzeit ist wasserdicht«, erinnerte der Ostfriese.

»Darüber bin ich mir im Klaren, mein Lieber. Vielleicht sehe ich ja Gespenster, und sie will ihren Freund gar nicht schützen – weil er den Mord nämlich gar nicht begangen hat.«

»Falls das so sein sollte, gehen uns allmählich die Verdächtigen aus«, stellte ihr Kollege fest.

Mona nickte und dachte während des Essens weiter über die Verkäuferin nach. Als die Ermittler wieder in ihrem Büro waren, ließ die Kriminalistin den Namen Clara Nagel durch die polizeilichen Datenbanken laufen. Und sie wurde fündig.

»Also, die Unschuld vom Lande war die junge Dame nicht immer, Enno! Ich habe hier eine Verurteilung wegen ihrer Beteiligung an einem Drogenschmuggel gefunden.«

Der Ostfriese kam herüber und schaute ihr über die Schulter. »Das ist ja nur eine Jugendstrafe.«

»Dadurch wird die Straftat ja nicht besser, mein Lieber. Sie hat hundert Exemplare einer Partydroge in Pillenform in einen Teddybär gestopft und diesen über die niederländische Grenze schmuggeln wollen. Du weißt selbst, was für einen Schaden man mit diesem Teufelszeug anrichten kann.«

»Ich wollte das Delikt keineswegs verharmlosen«, stellte er klar, »aber das ist die einzige Vorstrafe der jungen Dame. Vielleicht hat sie ihre Verurteilung als Warnschuss verstanden und ist seitdem nicht mehr straffällig geworden.«

»Ja, vielleicht«, murmelte Mona. Ihr spukte eine unausgegorene Idee durch den Kopf, die sie zunächst noch nicht einmal mit Enno teilen wollte. Und mit Oltbeck schon gar nicht. Der Chef hatte ohnehin schon schlechte Laune, als er die Ermittler wenig später für einen Zwischenbericht empfing.

»Wenn ich Sie richtig verstehe, dann ist Lennart Breder Ihr Hauptverdächtiger, obwohl Sie ihm die Tat nicht zutrauen?«

»Der jüngere Sohn hat für die Tatzeit kein Alibi«, erklärte Mona, »und eventuell war Wilko Breder hinter der Freundin seines Sohnes her. Andererseits vermute ich, dass Christina Völler seinem anonymen Anruf ihre Befreiung aus der Gefangenschaft verdankt.«

»Mit *Eventualitäten* und *Vermutungen* lösen Sie keinen Kriminalfall, Frau Sander«, schnarrte der Vorgesetzte besserwisserisch.

Bevor Mona ihm eine gepfefferte Antwort geben konnte, schaltete Enno sich schnell ein: »Wir werden Lennart Breder gleich noch einmal intensiv befragen. Ihm muss bewusst sein, dass er kein Alibi hat. Außerdem hat er dank seiner Schnitzarbeiten starke Finger. Er hätte durch einen intensiven Druck auf den *Nervus vagus* seinen Vater innerhalb kürzester Zeit töten können.«

Diese Erklärungen schienen Oltbeck ein wenig zu besänftigen. »Wir können also von einem Familiendrama ausgehen?«, vergewisserte er sich und fuhr fort: »Nun, dann besteht zumindest nicht die Gefahr, dass der Mörder wahllos nach anderen Opfern Ausschau hält. Oder halten Sie den älteren Bruder und die Mutter für gefährdet?«

»Marieke Breder wird sich wohl kaum an die Freundin ihres Sohnes herangemacht haben«, meinte Mona, die sich wieder etwas beruhigt hatte, »und Harm Breder weilt meist auf dem Festland und fällt schon aus diesem Grund aus.«

»Gut, dann machen Sie dem jungen Mann klar, dass er durch ein umfängliches Geständnis seine Lage nur verbessern kann«, forderte der Vorgesetzte.

Enno sprach seine Kollegin erst wieder an, nachdem sie in ihrem eigenen Büro die Tür hinter sich geschlossen hatten. »Du glaubst nicht an Lennarts Schuld, oder?«

»Genauso wenig wie du, mein Lieber.«

»Das stimmt. Dennoch kann es nichts schaden, noch einmal mit ihm zu reden. Er weiß mehr über seinen Vater als du und ich. Vielleicht haben wir etwas Entscheidendes noch nicht herausgefunden.«

»Zum Beispiel, wer an dem unüberhörbaren Streit am Vorabend des Mordes beteiligt war?«, hakte Mona nach.

»Ja, das wäre hilfreich«, erwiderte Enno.

Die Kommissarin rief Lennart Breder an. Als er das Gespräch entgegennahm, waren im Hintergrund Brandungsgeräusche und heulender Wind zu hören – was auf Borkum zur normalen Geräuschkulisse zählte.

»Sie sind nicht daheim in Ihrem Zimmer«, behauptete Mona, nachdem sie ihren Namen genannt hatte.

»Das stimmt, Frau Sander. Bei meiner Mutter fällt mir die Decke auf den Kopf. Und ich bin auch nicht gern bei Clara, wenn sie gerade arbeiten muss. Dann fühle ich mich in ihrer Wohnung einsam. Momentan sitze ich am Strand, schnitzen kann ich auch hier.«

»Ja, und dort findet man auch immer wieder Treibholz. – Wo genau befinden Sie sich?«

»Unterhalb der *Heimlichen Liebe*.«

»Bleiben Sie dort, wir kommen zu Ihnen. Mein Kollege und ich haben einige Fragen an Sie.«

Mit diesen Worten beendete sie das Telefonat. Die Kommissare beschlossen, zu Fuß dorthin zu gehen. Das dauerte ungefähr eine Viertelstunde, und Mona wollte unbedingt den Kopf freibekommen. Sie hatte an diesem Tag für ihren Geschmack schon viel zu lange am Schreibtisch gesessen.

»Wo würdest du ein Postpaket aufgeben?«, fragte Mona ihren Kollegen.

»Beim Paketshop in der Wilhelm-Feldhoff-Straße oder bei der Poststelle gleich neben der Wache«, antwortete er. »Das kommt darauf an, wo genau ich mich auf Borkum gerade befinde. – Warum willst du das wissen?«

Ihre Gegenfrage lautete: »Oltbeck würde uns bestimmt keine Observierungsmaßnahme genehmigen, oder?«

»Wen willst du denn beschatten, Mona?«

»Ich habe mehr so im Allgemeinen gesprochen«, behauptete sie.

»Jetzt kriege ich Angst«, erwiderte er.

»Enno, du musst dir keine Gedanken um mich machen. Vielleicht liege ich mit meinen Annahmen ja völlig daneben. Da wäre es blöd, vorschnell die Pferde scheu zu machen.«

»Ich möchte nur vermeiden, dass du wieder von einem Verbrecher gekidnappt wirst, Mona.«

»Erinnere mich nicht daran! Diesmal liegen die Dinge völlig anders. Ich verspreche dir hoch und heilig, dass ich mich nicht in einsamen Gegenden herumtreibe und nichts nach Einbruch der Dunkelheit unternehme!«

»Du machst ja doch, was du willst«, gab der Oberkommissar seufzend zurück.

Sie sagte: »Befassen wir uns erst einmal mit Lennart, vielleicht ist dann gar keine Observierung mehr nötig.«

»Dein Wort in Gottes Ohr.«

Wenig später hatten die Kommissare von der Süderstraße aus die Promenade neben dem Lokal *Heimliche Liebe* erreicht. Mona stützte sich auf das Geländer und ließ ihren Blick über das breite Sandband unter ihr streifen. Im ersten Moment dachte sie, dass Lennart die Polizisten veräppelt hätte. Aber dann erblickte sie eine Gestalt, die mit dem Rücken zur Promenade im Sand kauerte.

»Ich schätze, das ist er«, sagte sie zu Enno. Die beiden stiegen über eine der Metalltreppen zum Strand hinunter und stapften auf den Unbekannten zu. Es war tatsächlich Lennart Breder. Er hob den Kopf, als sie direkt vor ihm standen. Der junge Mann hatte ein Stück Holz in den Händen, das so lang wie sein Unterarm war. Am unteren Ende des Objekts entstand das geschnitzte Gesicht einer Figur, die ein Troll oder Riese sein konnte. Mona setzte sich neben ihn und schlang die Arme um ihre Knie, während Enno es vorzog, stehen zu bleiben. Die Kommissarin schaute Lennart einige Augenblicke lang bei seiner Tätigkeit zu. Dann sagte sie: »Das Schnitzhandwerk ist eine uralte Kunst, nicht wahr?«

»Allerdings, Frau Sander. Einige der ältesten Skulpturen der Menschheit bestehen aus Holz oder aus Speckstein, der von unseren Vorfahren bearbeitet wurde.«

»Ja, Sie verstehen sich auf diese traditionelle Arbeitsweise – und trotzdem benutzen Sie auch hochmoderne Sprachverzerrer-Apps!«

Mona hatte ihre Stimme gehoben, als sie den zweiten Teil ihres Satzes hervorstieß. Lennart Breders Gesichtsausdruck kam ihr nun so vor wie der eines ertappten Sünders. Trotzdem schüttelte er den Kopf und beteuerte: »Ich weiß nicht, wovon Sie sprechen.«

»Für dieses Katz-und-Maus-Spiel fehlt uns die Zeit, Herr Breder! Ihre Mutter hat ein Geständnis abgelegt, was die Freiheitsberaubung angeht. Sie war so anständig, Sie herauszuhalten. Aber die Wahrheit lautet, dass Sie ihr beim Überwältigen der Einbrecherin geholfen haben, nicht wahr?«

Während die Kommissarin sprach, suchte sie Blickkontakt mit dem jungen Mann. Er senkte die Lider und drehte den Kopf zur Seite. Ob er nach einer plausiblen Ausrede suchte? Offenbar fiel ihm keine ein.

»Ja, es stimmt«, stammelte Lennart Breder nach einer kurzen Pause. »Ich kann meiner Mutter nichts abschlagen, vor allem nicht, seit sie Papa verloren hat. Mama hat mich immer besser verstanden als *er*. Das ist doch verständlich, denn sie war immer für uns Jungs da, während mein Vater uns nur zu den Wochenenden mit seinem Besuch beehrte.«

Ich kann meiner Mutter nichts abschlagen … Diese Worte hallten als Echo im Kopf der Kriminalistin wider. Sie konnte nachvollziehen, wie Lennart sich fühlen musste. Ihre eigene Mutter hatte ebenfalls einen dominierenden Charakter, wobei eine widerspenstige Tochter wie Mona sich zweifellos nicht so stark unterbuttern ließ wie dieser sanftmütige Künstlertyp neben ihr.

Ob Marieke Breder ihren Sohn mehr oder weniger eindeutig dazu gedrängt hatte, ihren Ehemann für seine Untreue zu bestrafen? Diese Überlegung war ihr bisher noch gar nicht in den Sinn gekommen, aber völlig ausschließen ließ sich diese Möglichkeit nicht. Die Witwe hatte gegenüber Christina Völler bewiesen, dass sie auch zu Gewalttätigkeit bereit war. Lennarts brüchige Stimme riss die Ermittlerin aus ihren Überlegungen: »Ich habe Mama angefleht, die Polizei zu rufen. Doch sie wollte nichts davon wissen und brachte mich dazu, die Frau zu fesseln und zu knebeln und in den Hauswirtschaftsraum zu sperren. Unsere Gefangene wurde bewusstlos, und ich fürchtete um ihr Leben. Doch meine Mutter blieb hart. Also sagte ich, dass ich dringend fortmüsse. Ich hatte mir diese App schon vor einiger Zeit aus dem Internet heruntergeladen. Mir kam die Idee, Sie mit einer verstellten Stimme anzurufen, Frau Sander.«

»Und das war auch gut so, denn Christina Völler brauchte Hilfe«, betonte die Kommissarin. Sie wechselte das Thema: »Wie war eigentlich das Verhältnis zwischen Ihrem Vater und Ihrer Freundin?«

Lennart wirkte irritiert: »Wie meinen Sie das? Da gab es kein Verhältnis.«

»Wusste Ihr Vater überhaupt, dass Sie mit Clara Nagel zusammen sind?«

»Jetzt, wo Sie danach fragen … ich glaube nicht, dass ich ihren Namen ihm gegenüber jemals erwähnt habe. Papa war kein Mensch, mit dem man über Gefühle reden konnte. Für ihn gab es in erster Linie Gesetze und Vorschriften. Ihm war bekannt, dass ich mit einer Frau zusammen war. Doch das interessierte ihn ebenso wenig wie meine Kunstwerke. Nachdem ich nicht Jura studieren wollte, behandelte er mich wie Luft.«

Mona sagte: »Scheinbar hatte Ihr Vater moralische Grundsätze. Sie wussten aber, dass er es beispielsweise mit der ehelichen Treue nicht so genau genommen hat, oder? Ihre Mutter war jedenfalls über seine Seitensprünge durchaus informiert.«

Lennart ließ das Holzstück und das Messer sinken. Bisher hatte er sich an die Gegenstände geklammert, als ob er im nächsten Moment den Halt zu verlieren drohte. Nun legte er sie zur Seite und schaute die Kommissarin blinzelnd an.

»Frau Sander, solche Dinge wurden in unserem Haus totgeschwiegen. Mama hat immer größten Wert darauf gelegt, dass bei uns nach außen hin alles in Ordnung zu sein schien. Mein Bruder und ich sind nicht dumm. Wir haben mitbekommen, wie schief der Haussegen manchmal hing. Oft waren wir erleichtert, wenn Papa am Montagmorgen mit der ersten Fähre wieder Richtung Emden verschwand. Dann gab es wenigstens während der Arbeitswoche keine Reibereien.«

Nach Monas Ansicht klang das ganz und gar nicht nach einem erfüllten Familienleben. Bisher hatte die Kriminalistin es nicht für möglich gehalten, dass Marieke Breder in die Ermordung ihres Gatten verwickelt sein könnte. Aber inzwischen fragte die Kommissarin sich, ob diese Frau vielleicht als Anstifterin beteiligt war. Für die Tat selbst hatte die Witwe immer noch ein perfektes Alibi, an dem man nicht rütteln konnte.

»Angeblich soll es am Abend vor dem Tod Ihres Vaters einen lauten Streit zwischen zwei Männern gegeben haben«, berichtete Mona. »Einer von ihnen war vielleicht Ihr Vater. Haben Sie eine Idee, wer die andere Person sein könnte?«

»Auf Anhieb würde ich auf mich selbst oder auf meinen Bruder tippen«, antwortete Lennart mit einem schiefen Grinsen, »aber Harm war auf dem Festland und ich selbst habe ebenfalls durch Abwesenheit geglänzt. Ich war bei Clara, das kann sie bezeugen.«

»Und wer kommt sonst noch infrage?«, hakte Mona ungeduldig nach.

»Das weiß ich nicht. Wenn ich eine Idee hätte, würde ich sie Ihnen verraten. Denken Sie, dass dieser Mann etwas mit Papas Tod zu tun hat?«

Die Kommissarin antwortete nicht sofort. Sie war hin- und hergerissen, was ihr Urteil über den jüngeren Sohn des Mordopfers anging. Einerseits hätte sie schwören können, dass er etwas zu verbergen hatte. Andererseits traute Mona ihm nicht zu, seinen eigenen Vater kaltblütig zu töten. Sie konnte sich allenfalls vorstellen, dass er den wahren Täter deckte. Aber wer sollte das sein?

Die Erwiderung auf Lennarts Frage kam von Enno: »Wir versuchen, möglichst viel über die Stunden und Tage vor Wilkos Tod herauszufinden.«

»Ja, das verstehe ich. Aber falls Papa wirklich Freunde hatte, kenne ich sie nicht.«

Mona suchte den Blickkontakt mit dem Verdächtigen und sagte: »Übrigens ist Ihr eigenes Alibi für die Tatzeit geplatzt. Wir wissen inzwischen, dass Ihre Freundin in der Bäckerei gearbeitet hat, während Ihr Vater getötet wurde. Was sagen Sie dazu?«

Der junge Mann wirkte verblüfft. Hatte er wirklich geglaubt, dass die Kommissare seine Angaben nicht prüfen würden?

»D-das war keine Absicht«, stammelte er. »Ich dachte wirklich, dass Clara bei mir gewesen wäre. Manchmal verwechsele ich die Tage. Wenn ich an einer Skulptur arbeite, vergehen die Stunden wie im Flug. Da weiß ich oft noch nicht einmal, ob Tag oder Nacht ist – außer, wenn ich aus dem Fenster schaue. – Papa und ich haben einander nicht verstanden, aber ich hätte ihn niemals töten können!«

Mit dieser Behauptung mussten sich die Ermittler einstweilen zufriedengeben. Sie verabschiedeten sich von Lennart Breder und kehrten zur Polizeistation zurück.

»Ich kann mir diesen Traumtänzer nicht als einen Killer vorstellen, der entweder als Marionette seiner Mutter handelt oder die Ehre seiner Freundin verteidigen will«, meinte Mona, als sie außer Hörweite waren. Sie fuhr fort: »Ich bin froh, dass du ihn nicht auf Claras Ring angesprochen hast.«

»Das Schmuckstück wurde auch von dir nicht erwähnt. Warum eigentlich nicht?«, wollte der Ostfriese wissen.

»Es gibt zwei Möglichkeiten, Enno. Entweder steckt Lennart mit seiner Freundin unter einer Decke, wenn es um einträgliche dunkle Geschäfte geht. Dann würden wir ihn nur vorwarnen, indem wir unser Interesse an dem Kleinod zeigen. Oder er weiß wirklich nicht, dass der Ring sündhaft teuer war. Dann würde er garantiert Clara darauf ansprechen, und sie könnte ebenfalls reagieren. – Nein, wir müssen diese Scheinheilige auf dem falschen Fuß erwischen. – Aber erst morgen früh.«

»Du willst pünktlich Feierabend machen, mitten in einer Mordermittlung?«, vergewisserte der Oberkommissar sich lächelnd, wobei er seiner Kollegin einen listigen Blick zuwarf. Ihr wurde wieder einmal bewusst, dass sie ihm nichts verheimlichen konnte. Und eigentlich wollte sie dies auch gar nicht tun. Er fand ihre spontanen Einfälle zwar nicht immer nachvollziehbar, hielt ihr aber trotzdem den Rücken frei.

»Ich will Clara Nagel im Auge behalten«, gestand Mona, »und das werde ich ganz diskret in meiner Freizeit tun, denn der Chef würde so eine Maßnahme garantiert nicht genehmigen. Diese Frau hat Dreck am Stecken, da bin ich mir hundertprozentig sicher. Noch wissen wir nicht, ob ihre Machenschaften etwas mit dem Tod des Richters zu tun haben …«

»Falls es überhaupt illegale Aktivitäten gibt«, schränkte der Ostfriese ein. Er fügte hinzu: »Mir scheint die junge Dame auch nicht ganz astrein zu sein, obwohl ich den Wert ihres Rings nicht bemerkt habe.«

»Es freut mich, dass wir wieder mal einer Meinung sind, mein Bester.«

»Das kann man nicht unbedingt sagen …«

»Ich werde vorsichtig sein, das verspreche ich. Wir sehen uns dann morgen bei Dienstbeginn.«

Mit diesen Worten verabschiedete die Kommissarin sich von ihrem Kollegen, nachdem sie die Wache erreicht hatten.

Kapitel 15

Mona wusste selbst nicht, ob sie nur ihre Zeit verschwendete und einem Phantom nachjagte. Nicht jede Frau, die teuren Schmuck trug, war in dunkle Geschäfte verstrickt. Allerdings hatte Clara Nagel eine einschlägige Vorstrafe auf dem Kerbholz. Und eine Bäckereiverkäuferin konnte noch so fleißig sein – einen so teuren Ring würde sie sich von ihrem Gehalt niemals leisten können. Und falls das Kleinod wirklich ein Geschenk von Wilko Breder gewesen war, dann hätte sie dies der Polizei gegenüber unbedingt erwähnen müssen. Das war zumindest Monas Meinung.

Sie kannte die Öffnungszeiten der Bäckerei. Ihr blieb noch eine halbe Stunde, bis der Laden geschlossen wurde. Die Kriminalistin fuhr an dem Geschäft vorbei und postierte sich hinter einer Hecke unweit vom Bahnübergang an der Süderstraße. Die Kommissarin hatte nur eine ungefähre Vorstellung davon, womit sich die Verdächtige ihr schmales Gehalt aufbesserte. Vielleicht warf ja ihr Onlineshop so viel Geld ab, dass sie sich Extravaganzen leisten konnte. Die Dämmerung brach herein. Ein Zug der Borkumer Kleinbahn näherte sich aus Richtung Hafen und brachte die Passagiere der letzten Fähre des Tages ins Ortszentrum. Die Ermittlerin führte sich vor Augen, dass sie jetzt ebenso gut zu ihrem Freund fahren könnte, den sie seit Tagen nicht gesehen hatte. Jan Lummer stand momentan garantiert hinter der Theke seiner *Nordsee Kajüte* und zapfte Bier für die durstigen Segler im Yachthafen. Er war ein geduldiger Mensch und akzeptierte, dass Mona manchmal kaum Zeit für ihn hatte. Doch sie durfte den Bogen nicht überspannen, wenn sie ihn nicht eines Tages verlieren wollte. Es gab genug Frauen, die sich mehr um ihren Ehemann oder Freund kümmerten, als sie selbst es tat.

Bevor Mona in trüben Gedanken versinken konnte, verließen zwei Personen die Bäckerei. Die Kommissarin erkannte in ihnen die Angestellten. Die Verkäuferin namens Rita winkte Clara Nagel zu und fuhr auf ihrem Rad an Mona vorbei, ohne sie zu bemerken. Lennart Breders Freundin hatte keinen fahrbaren Untersatz. Sie schloss die Ladentür ab und griff nach einem Karton, den sie zuvor auf den Boden gestellt hatte. Er schien ziemlich schwer zu sein, jedenfalls ließen ihre Bewegungen darauf schließen. Mona beschloss, die Chance zu ergreifen. Sie fuhr los und tat so, als ob sie zufällig vorbeikommen würde.

»Moin, Frau Nagel! Haben Sie endlich Feierabend?«

Die junge Frau schien nicht erfreut über den Anblick der Kommissarin zu sein. Doch dann zwang sie sich zu einem Lächeln. »Moin, Frau Sander. – Ja, für heute ist hier Schluss. Bei Ihnen müsste doch auch schon Dienstschluss sein, oder?«

»Ja, obwohl das Verbrechen bekanntlich niemals schläft, braucht auch eine Polizistin mal Ruhe«, scherzte Mona. Sie deutete auf den Karton: »Soll ich Ihnen helfen? Das Ding scheint ziemlich schwer zu sein.«

Dieses Angebot machte die Verkäuferin offenbar sehr nervös. »Danke, das ist nicht nötig!«

Ihr Blick flackerte. Die Ermittlerin vermutete, dass sie am liebsten weggelaufen wäre. Aber das war allein schon wegen des Gewichts der Pappkiste unmöglich. Und dass sie diese zurücklassen würde, konnte Mona sich erst recht nicht vorstellen.

»Es macht überhaupt keine Umstände, so eine Last kann ich hervorragend auf meinem Gepäckträger transportieren«, meinte sie – und griff zu Clara Nagels Entsetzen ebenfalls nach dem Karton. Die Verkäuferin hielt diesen nach wie vor fest.

»Lassen Sie los, Frau Sander!«

»Warum? Haben Sie etwas zu verbergen?«, fragte Mona. Die Pappkiste war bereits adressiert, sie sollte an eine Person auf dem Festland geschickt werden. Der Karton war wirklich schwer. Die Kommissarin hatte keine Handhabe, um den Gegenstand zu beschlagnahmen. Und doch wollte sie unbedingt erfahren, was er enthielt. Sie ließ mit einer Hand die Kiste los und zeigte auf den Adressaufkleber.

»Wer ist dieser P. Berger, Frau Nagel? Ein Bekannter aus Ihrer drogenbewegten Jugend?«

Diese Vermutung war ein Schuss ins Blaue gewesen. Doch Claras entsetzter Gesichtsausdruck zeigte, dass die Kriminalistin damit ins Schwarze getroffen hatte.

»Ich möchte jetzt diesen Karton öffnen«, forderte die Ermittlerin. Die Verkäuferin ließ die Pappkiste los und taumelte einen Schritt zurück. Mona wertete ihr Verhalten als Zustimmung. Vielleicht wurde Clara auch einfach nur durch die Hartnäckigkeit der Kommissarin überrumpelt. Die Ermittlerin klappte ihr Taschenmesser auf und zerschnitt das Klebeband. Die Kiste enthielt einige der Skulpturen, die Lennart geschnitzt hatte. Daran war zunächst nichts

Verdächtiges. Mona nahm eine davon in die Hände und schüttelte sie. Die Holzfigur schien innen hohl zu sein. Am Boden gab es einen Gummistöpsel, der sich lösen ließ. Die Kommissarin zog mit zwei Fingern eine Plastiktüte hervor, die Pillen enthielt. Sie schaute Clara an: »Wir gehen jetzt nicht zur Post, sondern zur Polizeistation, Frau Nagel!«

*

Monas schlechtes Gewissen meldete sich, weil sie ihrem Kollegen den Feierabend verderben musste. Enno hatte es sich bestimmt schon daheim bei Birte am Abendbrottisch bequem gemacht, als sie ihn anrief. Und tatsächlich hörte es sich so an, als ob er noch kauen würde.

»Sitzt du wieder in der Tinte, weil Oltbeck von deiner Beschattungsaktion Wind bekommen hat?«, wollte er wissen.

»Nee, das nicht. – Stell dir vor, Clara hat wahrscheinlich immer noch mit Drogen zu tun. Die Katze lässt das Mausen nicht, würde ich sagen. Die Holzfiguren enthalten Substanzen, die bestimmt nicht zur Bekämpfung von Kopfschmerzen dienen. Ich habe die Dame in den Verhörraum geschafft und dachte ...«

»Alles klar, ich komme in ein paar Minuten«, versicherte der Oberkommissar und beendete das Telefonat. Bevor Mona Enno angerufen hatte, war Clara Nagel von ihr nach Waffen und gefährlichen Gegenständen durchsucht worden. Die Verkäuferin hatte nichts dergleichen bei sich. Nun ging die Kommissarin in den Verhörraum, wo die Verdächtige auf sie wartete.

»Möchten Sie etwas trinken, Frau Nagel? Vielleicht ein Mineralwasser oder einen Tee?«

»Wasser.«

Die junge Frau stieß das Wort wie einen Fluch hervor. Sie vermied den Blickkontakt mit der Kriminalistin. Auf Clara Nagels Stirn hatten sich unzählige kleine Schweißtropfen gebildet, obwohl es in dem fensterlosen Zimmer eher frisch war. Eine Klimaanlage sorgte für ständigen Luftaustausch, und es roch penetrant nach Reinigungsmitteln. Das war wirklich keine Umgebung, in der man sich wohlfühlen konnte. Mona kehrte mit einem Glas Wasser zurück und stellte es auf den Tisch. Claras Hand zitterte, als sie danach griff und gierig ein paar Schlucke trank. Der Tremor war nur minimal gewesen, die Ermittlerin hatte ihn aber trotzdem bemerkt. Sie platzierte die ausgehöhlte Statue sowie den Pillenbeutel ebenfalls auf dem Tisch.

Enno hatte nicht übertrieben. Es dauerte keine Viertelstunde, bis er in den Verhörraum geeilt kam. Vermutlich hatte er ein Taxi genommen, denn einen Privat-PKW besaß er nicht. Und von seinem kleinen Friesenhaus bis zur Polizeistation musste man eine relativ lange Strecke zurücklegen, jedenfalls für Borkumer Verhältnisse. Natürlich bemerkte er sofort den Beutel, der vermutlich eine verbotene Substanz enthielt.

»Ich habe noch nicht angefangen«, sagte Mona zu ihm. Sie nannte Ennos sowie ihren eigenen Namen und belehrte die Verdächtige über ihre Rechte. Dann fügte sie hinzu: »Sie stehen im Verdacht, gegen das Betäubungsmittelgesetz verstoßen zu haben, Frau Nagel. Außerdem interessieren wir uns für Ihre Rolle bei der Ermordung von Wilko Breder. – Sie müssen sich nicht selbst belasten und können einen Rechtsanwalt hinzuziehen.«

Die Verdächtige seufzte. Das Wasser hatte sie schon fast ausgetrunken.

»Es dauert ja ewig, bis ich um diese Uhrzeit einen Strafverteidiger hier antanzen lassen kann«, meinte sie. »Eigentlich habe ich keine Lust, hinter schwedischen Gardinen zu pennen. – Okay, mit dem Stoff haben Sie mich kalt erwischt. Dumm gelaufen, würde ich sagen. Aber mit dem Tod von Lennarts Papa habe ich nichts zu schaffen.«

»Sie verzichten also auf einen Rechtsbeistand?«, vergewisserte Mona sich.

Die Antwort bestand aus einem Nicken.

Der Ostfriese zeigte auf die Pillen. »Was für eine Substanz ist das?«, fragte er.

»Eine Partydroge, wir nennen sie *Green Devil*.«

»Die Dinger sind weiß«, stellte die Kommissarin trocken fest.

»Ja, aber wenn man sie einwirft, bekommt man farbige Halluzinationen, und zwar meist in Grün. Außerdem braucht man nächtelang keinen Schlaf.«

»Woher beziehen Sie die Pillen?«

»Aus Holland, Herr Moll. Ein Freund kommt gelegentlich mit der Eemshaven-Fähre und versorgt mich damit. Ich glaube, die holländischen Drogenhunde sind auf das Zeug noch nicht trainiert. Bisher hat der Transport jedenfalls immer geklappt.«

»Hat dieser Freund auch einen Namen?«, hakte Mona nach. Nun schwieg die junge Frau, aber damit konnte die Kriminalistin leben. Sie war keine Drogenfahnderin, und die Erkenntnisse aus diesem Verhör würde sie sowieso an das Rauschgiftdezernat und an die niederländischen Kollegen weiterleiten. Für die Kommissarin und ihren Kollegen ging es in erster Linie darum, den Mord an dem Richter aufzuklären. Sie sagte: »Gut, Sie wollen diese Frage nicht beantworten. Das ist Ihr gutes Recht. Aber vielleicht können Sie uns sagen, warum Ihre Holland-Connection Ihre Endabnehmer nicht direkt beliefert?«

»Weil ich das Verbindungsglied bin«, gab Clara Nagel freimütig zu. »Mein Onlineshop und die Schnitzarbeiten sind eine gute Tarnung. Wer käme schon auf die Idee, dass die Figuren *Green Devil* enthalten?«

Ich jedenfalls nicht, dachte Mona selbstkritisch. Sie sagte: »Weiß Lennart von Ihrem einträglichen Nebengeschäft?«

Clara Nagel zuckte zusammen. »Mein Freund hat damit nichts zu tun!«, behauptete sie. Bisher war sie recht kooperativ gewesen, wenn man davon absah, dass sie ihren niederländischen Drogenlieferanten nicht ans Messer liefern wollte. Mona wusste, dass Verräter in Unterweltkreisen äußerst unbeliebt waren. Im Gegensatz zu seiner Freundin war der Sohn des Richters nicht vorbestraft. Vielleicht liebte Clara ihn ja wirklich und unternahm nun einen Versuch, Lennart aus ihrem eigenen Schlamassel herauszuhalten. Doch dafür war es nach Monas Ansicht eindeutig zu spät.

Die Ermittlerin beugte sich vor: »Wir lassen uns nicht veräppeln, Frau Nagel! Es steht eindeutig fest, dass Ihr Freund die Figuren geschnitzt hat. Ich bin keine Künstlerin, aber es erscheint mir völlig unnötig, die Skulpturen auszuhöhlen. Das ist ein zusätzlicher Arbeitsschritt, für den es keinen plausiblen Grund gibt. Lennart ist nicht dumm. Er wird sich bei Ihnen zumindest erkundigt haben, aus welchem Grund er die Schnitzereien aushöhlen sollte.«

Clara schaute die Kommissarin an, als ob sie diese zum ersten Mal im Leben sehen würde. Ob sie sich eine glaubwürdige Ausrede zurechtzulegen versuchte? Offenbar fiel ihr nichts ein, denn nach einer Weile gab sie zu: »Ja, es stimmt. Aber Lennart ist von mir mehr oder weniger dazu gezwungen worden. Ich denke, er hat es aus Liebe zu mir gemacht. Besonders geschäftstüchtig ist er nicht.«

»Was man von Ihnen nicht gerade behaupten kann«, stellte die Kommissarin trocken fest.

»Ich stehe zu meinen Fehlern!«, gab die Verdächtige heftig zurück. »Wissen Sie, wie schwer man es im Leben hat, wenn man schon durch eine Jugendstrafe gebrandmarkt wurde? Ich will mich über die Inselbäckerei nicht beschweren, dort zahlt man sogar mehr als den Tariflohn. Aber was bleibt von dem Gehalt über, wenn man für eine teure Unterkunft auf dieser Touristeninsel aufkommen muss?«

Andere Saisonkräfte werden nicht kriminell, dachte Mona. Sie hatte nicht vor, mit dieser Drogenschmugglerin eine moralische Grundsatzdebatte zu führen. Es kam ihr auf Fakten an, die zur Aufklärung des Mordes führen konnten. Und Enno brachte es auf den Punkt: »Lennart war also Ihr Komplize, denn ohne seine Schnitzkünste hätten Sie keine passenden Verstecke für die Partydroge gehabt.«

Clara Nagel sank in sich zusammen. Sie nickte. Ihr Versuch, Lennart als einen Unbeteiligten erscheinen zu lassen, war kläglich gescheitert. Mona stellte nun die entscheidende Frage: »Hat Wilko Breder von diesen illegalen Machenschaften erfahren?«

»Nein!«, rief die Verdächtige. Sie klang so panisch, dass die Antwort in Wirklichkeit *Ja!* hätte lauten müssen. Mona war fest davon überzeugt, nun der Wahrheit auf der Spur zu sein.

Kapitel 16

Clara Nagel hatte das restliche Wasser hinuntergestürzt. Sie starrte mit glasigem Blick vor sich hin.

»Möchten Sie noch etwas trinken?«, fragte die Kommissarin.

»Ja, bitte«, antwortete die Verdächtige mit einer Stimme, die an ein kleines verängstigtes Mädchen erinnerte. Dies passte nicht zu dem Bild, das Mona von ihr hatte. Die Ermittlerin stand auf und ging in die Teeküche hinüber, um das Wasserglas wieder aufzufüllen. Diese kurze Unterbrechung bot ihr die Gelegenheit, ihre Gedanken neu zu ordnen. Am Alibi der jungen Frau für die Tatzeit konnte es nach wie vor keinen Zweifel geben. Aber mussten die Polizisten jetzt nicht die Rolle des jüngeren Sohns komplett neu bewerten? Seine Freundin hatte bereits gestanden, dass er an ihrem Drogenschmuggel beteiligt war. Und falls Wilko Breder davon Wind bekommen hatte, musste das Pärchen tatsächlich die Entdeckung fürchten. Er hätte gewiss auch seinen eigenen Sohn bei der Polizei angezeigt – nicht nur, weil er ein pensionierter Strafrichter war, sondern auch wegen seiner angeblich so hohen Moralvorstellungen. In Monas Augen war das Gefühlsband zwischen Freund und Freundin in diesem Fall stärker als zwischen Sohn und Vater. Es war für sie inzwischen nicht mehr undenkbar, dass Lennart für seine Clara gemordet hatte. Vielleicht hatte sein Vater von ihm verlangt, sich bei der Polizei zu stellen – und dadurch das Fass zum Überlaufen gebracht. Ob es doch Wilko und Lennart gewesen waren, die einander am Abend vor dem Tod des Richters angeschrien hatten? Dies würde zumindest zu den Überlegungen passen, die Mona inzwischen entwickelte. Sie kehrte mit dem Glas zurück und stellte es vor die Verdächtige hin.

»Weiß Lennart eigentlich von Ihrer Vorstrafe?«, wollte Enno wissen.

»Ja, Herr Moll. Wir waren immer ehrlich zueinander. Es hat ihn nicht gestört. Er liebt mich so, wie ich bin.«

Sobald die Verkäuferin über ihren Freund zu sprechen begann, wurde ihre Stimme warm und sanft. Dann redete sie weiter, ohne von den Beamten dazu aufgefordert worden zu sein: »Es war ein Fehler, Lennart in mein Drogengeschäft hineinzuziehen. Aber ich habe das nicht nur aus Geldgier getan, falls Sie das denken. Lennart wird von seiner Familie verachtet. Sein Bruder reibt ihm gern unter die Nase, wie viel Geld er verdient. Für Marieke ist er immer noch ein kleiner

Junge, den sie bemuttern muss und der niemals mit einer Frau glücklich sein wird. Jedenfalls nicht, wenn sie es verhindern kann. Und Herr Breder war der Schlimmste von den dreien: Nachdem Lennart keinerlei Interesse am Jurastudium zeigte, bestrafte sein Papa ihn mit Nichtbeachtung. Das war für meinen Freund schlimmer, als wenn Wilko ihn geschlagen hätte!«

»Es ist gewiss schwer, so einen Mann zu achten«, gab der Oberkommissar zu bedenken.

»Ich weiß, worauf Sie hinauswollen – aber Lennart hat seinen Vater nicht umgebracht, das schwöre ich.«

»Lennart hat behauptet, zur Tatzeit mit Ihnen im Bett gelegen zu haben«, brachte Enno in Erinnerung, »aber in Wirklichkeit befanden Sie sich schon bei der Arbeit. Warum hat er das getan, wenn er unschuldig ist?«

Clara begann zu weinen – weil ihr die Ausweglosigkeit ihrer Lage bewusst geworden war? Mona hielt sie jedenfalls nicht für eine von den Frauen, die auf Kommando Krokodilstränen produzieren konnten. Die Kommissare warteten, bis sie sich einigermaßen beruhigt hatte. Mona beschloss, mit einer unverfänglichen Frage weiterzumachen: »Einen schönen Ring haben Sie da.«

Die Verkäuferin wischte sich die Tränen weg und ließ ein trauriges Lächeln sehen.

»Ja, den habe ich mir selbst gegönnt – sozusagen als Vorschuss auf mein zukünftiges Leben mit Lennart. Das war gewiss ein großer Fehler, oder?«

»Ich habe mir die Frage gestellt, wie man sich mit einem Job in der Bäckerei solchen Schmuck leisten kann«, gab die Ermittlerin zu.

»An solche Folgen habe ich nicht gedacht, ich wollte einfach gern mal schönen Schmuck tragen«, erklärte Clara Nagel seufzend. Sie fuhr fort: »Wir wollten nur so lange mit dem Verkauf von *Green Devil* weitermachen, bis wir genug Geld für ein Leben in der Karibik auf die Seite gelegt hätten. Auf einer Insel, wo es wärmer als auf Borkum ist. Dann wären Lennart und ich auf Nimmerwiedersehen dorthin verschwunden.«

Mona wusste, dass viele Kriminelle von einem leichten Leben unter südlicher Sonne träumten. In neunundneunzig Prozent der Fälle endeten solche Zukunftspläne hinter den Mauern einer deutschen Strafanstalt. Gelegentlich gab es allerdings Einzelfälle, denen eine solche Flucht gelang – und die dann entsprechend ausführlich in den

Medien breitgetreten wurden. Clara Nagel hatte nun jedenfalls ungewollt ein weiteres Motiv für den Mord am Vater ihres Freundes geliefert. Wenn das Verbrecherpärchen noch eine Zeit lang weitergemacht hätte, wäre ihr Vorhaben vielleicht sogar zu verwirklichen gewesen. Umso größer musste die Motivation gewesen sein, das einzige Hindernis aus dem Weg zu räumen – nämlich Wilko Breder.

Enno versuchte, der Verdächtigen entgegenzukommen: »Falls Ihr Freund nicht der Mörder ist, muss eine andere Person seinen Vater umgebracht haben. Fällt Ihnen jemand ein, der dafür infrage käme?«

Clara Nagel presste die Fäuste gegen ihre Schläfen. Sie beteuerte: »Darüber zerbreche ich mir auch schon die ganze Zeit lang den Kopf. Aber ich kann Ihre Frage nicht beantworten. – Lennart war es jedenfalls nicht, das schwöre ich. Als er vom Tod seines Papas erfuhr, hat er geweint, obwohl dieser Mann keine Liebe für ihn hatte. Würde ein Mörder so etwas tun?«

Ein eiskalter Mörder gewiss nicht, dachte Mona. *Aber jemand, der durch eine Verzweiflungstat seine Zukunft an der Seite seiner Liebsten verteidigen will ... so eine Person würde vielleicht auch um ihr Opfer weinen.*

Mona stand auf und sagte: »Sie bleiben heute Nacht in der Arrestzelle, es besteht Flucht- und Verdunkelungsgefahr. Außerdem müssen wir verhindern, dass Sie sich mit Ihrem Freund absprechen.«

Die Verdächtige senkte den Kopf, sie wirkte wie eine geschlagene Boxerin.

»Lennart ist unschuldig«, beharrte sie. Aber es klang nicht so, als ob sie selbst daran glauben würde.

*

Nachdem Polizeimeisterin Britt Mölders die Frau in die Zelle gebracht hatte, blieben die Kommissare noch kurz im Verhörraum.

»Lennart wird einknicken, wenn er von der Verhaftung seiner Freundin erfährt«, vermutete Mona.

»Ja, falls er den Mord begangen hat«, schränkte Enno ein.

»Du glaubst nicht daran, mein Bester?«

Er zuckte mit seinen breiten Schultern und sagte: »Der musisch begabte Sohn hatte Motiv und Gelegenheit. Und mit seinen starken Schnitzerfingern könnte er gewiss tödlichen Druck auf den *Nervus vagus* ausüben. Aber Lennart verhält sich nicht wie jemand, der seinen eigenen Vater umgebracht hat. – Führen wir uns vor Augen, dass er dich anonym anrief, um Christina Völlers Leben zu retten. Sie war für ihn eine Fremde, obwohl sie ja objektiv betrachtet seine Halbschwester ist. Das konnte er aber nicht wissen. Worauf ich hinauswill: Ihr Schicksal hätte ihm gleichgültig sein können. Der Junge ist nicht dumm. Ihm musste bewusst sein, dass wir seine Beteiligung an der Freiheitsberaubung durchschauen würden. Trotzdem alarmierte er dich, um der Einbrecherin aus der Patsche zu helfen.«

»Das ist ein starkes Argument«, gab Mona zu. Sie fuhr fort: »Man kann die Dinge aber auch anders betrachten: Lennart hatte wegen des Mordes an seinem Vater so starke Schuldgefühle, dass er sein Gewissen nicht noch weiter belasten wollte.«

Enno nickte und gähnte verstohlen. »Heute Abend kommen wir nicht mehr weiter«, stellte er fest. »Lass uns morgen mit frischen Kräften starten, dann bekommen wir vielleicht sogar ein Geständnis unseres Hauptverdächtigen. Seine Freundin sitzt nun hinter Gittern, und zumindest bei dem BTM-Delikt können wir ihm die Komplizenschaft nachweisen. Vielleicht knickt er ein, wenn wir ihn noch einmal intensiv befragen.«

Kapitel 17

Mona fand in dieser Nacht nicht viel Schlaf. Sie ging noch einmal alle ihr bekannten Fakten durch, bis ihr vor Erschöpfung die Augen zufielen. Der Fall verfolgte sie bis in ihr Unterbewusstsein. Sie hatte einen Alptraum, in dem sie selbst ein Stück Treibholz war. Sie konnte sich nicht bewegen, spürte aber den feuchten Sand unter ihrem Körper, hörte das Rauschen der Brandung und roch die salzige Luft. Plötzlich bemerkte sie eine Gestalt, die näher kam. Es war Lennart Breder. Er hatte sie entdeckt und schlenderte langsam auf sie zu. Die Kommissarin wollte weglaufen. Das ging natürlich nicht, weil sie ja in dem Traum aus Holz war. Lennart lächelte, hob sie auf und betrachtete sie von allen Seiten. Anscheinend gefiel ihm, was er sah. Mona hätte am liebsten geschrien, aber auch das war ihr nicht möglich. Und dann zog der Verdächtige sein Schnitzmesser hervor. Er bewegte es auf sie zu. Das Sonnenlicht reflektierte auf der Klinge …

Endlich wachte die Kriminalistin auf. Es dauerte einige Sekunden, bis sie erkannte, dass sie in ihrem Bett lag und sich außer ihr keine weitere Person im Raum befand. Das Laken unter ihr war allerdings wirklich feucht, und zwar von ihrem Schweiß. Sie fuhr sich mit den Handflächen über das Gesicht und schwang die Beine aus dem Bett.

Während sie abwechselnd heiß und kalt duschte, erwachten ihre Lebensgeister. Enno hatte recht – Clara Nagels Verhaftung konnte Lennart Breder wirklich einknicken lassen. Da es für den Tod des Richters keine Augenzeugen gab und die Mordwaffe offenbar ein Finger gewesen war, mussten die Ermittler auf ein Geständnis des Täters hoffen. Mona hatte sich gerade abgetrocknet, als ihr Smartphone klingelte. Enno war am Apparat.

»Moin, mein Lieber. Sag mir nicht, dass ich verschlafen hätte. Das ist nämlich nicht der Fall.«

Ein Blick zur Wanduhr bewies, dass die Kommissarin noch Zeit bis zum Dienstbeginn hatte.

»Nee, das weiß ich doch. – Ich rufe an, weil wir einen neuen versuchten Mord haben. Kann ich dich gleich abholen?«

Ihr Pulsschlag beschleunigte sich. »Ja, sicher. Ich muss mich nur noch anziehen, wir sehen uns in ein paar Minuten.«

Mit diesen Worten beendete sie das Telefonat. Das Frühstück musste warten. Während Mona in Unterwäsche, Strümpfe, Jeans und

Baumwollpullover schlüpfte, begann sie unwillkürlich zu spekulieren. Wen konnte es erwischt haben? Ihr Kollege hatte von einem nicht geglückten Tötungsdelikt gesprochen. Das war gut, denn jeder gelungene Mord war in ihren Augen einer zu viel. Und wenn das Opfer noch lebte, bestand eine Chance, dass es den Täter beschreiben konnte oder vielleicht sogar kannte. Auf einer Insel wie Borkum war es für einen flüchtenden Verbrecher nicht leicht, zu entkommen. Wenn die Polizei den Fährhafen und den Flugplatz überwachte, sah es für den Schuldigen schlecht aus. Mona hatte sich gerade ihre Schuhe angezogen, als der Oberkommissar klingelte. Sie griff nach ihrem Windbreaker und verließ die Wohnung.

Enno öffnete galant die Beifahrertür des Dienstwagens für sie. Er warf ihr einen prüfenden Blick zu.

»Moin nochmal. Wie geht es dir?«

»Ich fühle mich etwas hölzern«, antwortete sie und musste über ihren versteckten Witz grinsen. Sie hatte gewiss nicht vor, dem Ostfriesen von ihrem Alptraum zu erzählen. Auch wenn sie ihm vertraute – ihr Unterbewusstsein war schließlich ihre eigene Angelegenheit. Und momentan gab es ganz andere Dinge, die wichtig waren. Darum schob sie sofort eine Gegenfrage nach, während sie Platz nahm und den Sicherheitsgurt anlegte: »Konnte das Opfer schon identifiziert werden?«

»Allerdings. Es handelt sich um Sören Reep. Er wurde bereits ins Stadtkrankenhaus eingeliefert. Sein Zustand ist kritisch.«

Mona hatte den Beikoch aus dem *Hummerhafen* gar nicht mehr im Fokus gehabt. Und der Angriff auf ihn musste nicht zwangsläufig etwas mit dem Tod des Richters zu tun haben. Trotzdem fiel es ihr schwer, zwischen den beiden Ereignissen keinen Zusammenhang zu sehen.

»Bringst du mich bitte auf den aktuellen Stand, mein Lieber?«

»Selbstverständlich. – Wir fahren übrigens erst zu Reeps Unterkunft, dort wurde er niedergeschlagen. Erst danach erkundigen wir uns im Hospital nach ihm.«

»Ich verstehe«, erwiderte Mona. Sie fragte: »Wann wurde die Tat gemeldet?«

»Vor einer knappen Stunde. Es gibt in der Personalunterkunft einen Reinigungsservice, der immer morgens erscheint und die Zimmer putzt. Die Dame hat einen Generalschlüssel. Sie fand Reep blutüberströmt in seinem Bett. Im ersten Moment hielt sie ihn für tot. Aber sie rief den Notarzt und die Polizei. Der Mediziner konnte zum Glück noch einen schwachen Puls bei dem Opfer feststellen. Grietje und Hinderk sind in dem Personalzimmer und sperren den Tatort ab.«

»Also wurde Reep in seinem Bett attackiert, Enno?«

»Davon gehe ich aus. Ich war noch nicht dort, wollte dich erst abholen.«

»Du bist doch der Beste«, meinte sie.

Wenig später hatten sie die Personalunterkunft erreicht. Vor der Tür des Zimmers stand Polizeimeister Hinderk Ekhoff. Er hielt die Schaulustigen zurück, denn der Einsatz von Rettungskräften und Polizei hatte natürlich die neugierigen Nachbarn des Opfers auf den Plan gerufen. Zumindest vermutete Mona, dass es sich bei den anderen Anwesenden um Köche und Servicepersonal handelte, die ebenfalls in dem Gebäude wohnten.

Die Kommissarin hielt ihren Dienstausweis hoch und rief: »Lassen Sie uns bitte durch!«

Widerwillig traten die Gaffer zur Seite, einige richteten die Kameras ihrer Smartphones auf Mona und ihren Kollegen. Darüber regte die Ermittlerin sich meistens nicht mehr auf – außer, wenn sie besonders schlechte Laune hatte. Das war momentan nicht der Fall, sie wollte einfach nur so schnell wie möglich erfahren, was sich ereignet hatte.

Die Kommissare nickten dem jungen Kollegen zu, als er sie in den Raum ließ. Drinnen stand Grietje am offenen Fenster. Sie war auffällig blass, worüber Mona sich angesichts des blutverschmierten Bettzeugs nicht wunderte. Es war bestimmt kein angenehmer Anblick gewesen, dort einen Schwerverletzten liegen zu sehen. Da blieben sogar einer kessen jungen Frau wie Grietje die lockeren Sprüche im Hals stecken.

»Der Doc geht von einem heftigen Schlag auf den Hinterkopf aus«, erklärte die Polizistin mit belegter Stimme. Sie fügte hinzu: »Über den Tathergang habe ich mir auch schon Gedanken gemacht. Ich tippe auf einen Beischlafdiebstahl, der aus dem Ruder gelaufen ist.«

Die Kriminalistin wollte nachhaken, aber Grietje war mit ihrer Erklärung noch nicht fertig. Sie hielt einen Beutel für Beweismittel hoch und gab ihn an Mona weiter. Die Kommissarin schaute ihn sich genauer an. Er enthielt einen eleganten schwarzen Damen-Lackschuh Größe 38 mit hohem Absatz.

»Der Treter lag neben dem Bett«, sagte Grietje, »und außerdem fand ich die Brieftasche des Opfers auf dem Nachtschrank. Personalpapiere sind noch da, auch die Krankenkassenkarte und Ähnliches. Bloß der Zaster fehlt. Ich schätze, dass Reep sich weibliche Gesellschaft für einsame Stunden gesucht hat. Gegen Bares natürlich. Dann ging das Treffen schief, die Lady knockte ihn aus, hielt ihn wahrscheinlich für tot. Das versetzte sie so sehr in Panik, dass sie abhaute und dabei einen ihrer Schuhe vergaß.«

Sie schaute ihre Kollegen an wie eine Schauspielerin, die auf stehende Ovationen hofft.

Mona sagte: »Danke, Grietje. Das war sehr hilfreich. – Ich vermute, dass du schon die Spurensicherung angefordert hast. Wir sehen uns dann später auf der Wache.«

»War ja klar, dass ich an diesem Gruselort ausharren muss«, erwiderte die Polizeimeisterin. Doch ihre freche Bemerkung bewies den Ermittlern immerhin, dass sie schon wieder ganz die Alte war. Mona steckte den Beutel mit dem Beweisstück unter ihren Windbreaker, damit die Neugierigen draußen vor der Tür den Gegenstand nicht zu sehen bekamen. Die Kommissare gingen hinaus. Als sie wieder im Auto saßen, fragte die Ermittlerin: »Hast du Grietjes Räuberpistole mit dem Beischlafdiebstahl geglaubt?«

»Eigentlich fand ich die Annahme ziemlich plausibel.«

»Ja, weil du dir im Gegensatz zu mir den Schuh noch nicht genauer anschauen konntest, mein Bester! Meiner Meinung nach ist er fabrikneu, wurde noch nie getragen. Die Sohle weist keinerlei Abrieb auf. Ganz abgesehen davon, dass es in der vorigen Nacht geregnet hat. Da hätte das Leder zumindest ein wenig Feuchtigkeit annehmen müssen.«

»In solchen Schuhen veranstaltet man doch keine Gewaltmärsche, wahrscheinlich hat die Dame ein Taxi genommen«, gab Enno zu bedenken.

»Das habe ich im ersten Moment auch gedacht«, erwiderte seine Kollegin. »Aber kein Taxi fährt bis an die Bettkante, oder? Der Schuh hätte wenigstens minimale Gebrauchsspuren aufweisen müssen. Ich vermute, dass der Täter uns auf eine falsche Fährte locken wollte. Das Türschloss weist zwar keine Einbruchsspuren auf, aber das hat nichts zu sagen. Du weißt doch, wie die Schlösser in diesen Personalunterkünften sind. Jedes zehnjährige Mädchen könnte sie mit einer Haarnadel öffnen.«

Der Oberkommissar hatte den Motor noch nicht gestartet. Er faltete die Hände über seinem Bauch und legte den Kopf in den Nacken. Er sagte: »Es stimmt, die Erklärung mit einer durchgedrehten Prostituierten erscheint mir sehr dürftig. Außerdem – wie viele Damen dieses Gewerbes haben wir denn überhaupt auf der Insel? Höchstens drei oder vier, falls Loretta noch im Geschäft ist. Meine Frau hat sie neulich beim Einkaufen getroffen, da hat sie erzählt, dass sie bald aufhören will.«

Mona nickte und meinte: »Borkum ist nicht Hamburg-St. Pauli. Eine Frau, die mit nur einem Lackschuh durch die Ortsmitte irrt, würde gewiss Aufsehen erregen. Der Täter wollte uns ganz besonders raffiniert in die Irre führen, und diese Absicht ist gründlich danebengegangen. Ich bin jetzt sicher, dass der Angriff auf Reep etwas mit dem Mord an Wilko Breder zu tun hat.«

»Aber in welcher Hinsicht?«, dachte Enno laut nach, während er den Motor anstellte. »Wir waren ja zunächst davon ausgegangen, dass der Ex-Strafgefangene sich an dem Richter rächen wollte. Aber wer könnte etwas gegen diese beiden Männer haben? Wo ist die Verbindung zwischen ihnen, wenn man von dem damaligen Strafprozess absieht?«

»Frag mich etwas Leichteres«, erwiderte die Kommissarin seufzend. Sie war sicher, noch nicht alle Fakten zu diesem undurchsichtigen Fall zu kennen. Während die beiden Richtung Krankenhaus fuhren, sagte sie: »Ich wette, dass der Täter Reep nicht einfach nur verletzen wollte. Das ergibt nämlich keinen Sinn. Er hat den Beikoch mit voller Tötungsabsicht geschlagen – vermutlich, um ihn für immer zum Schweigen zu bringen. Und danach inszenierte er diese Farce mit dem Frauenschuh, um uns an der Nase herumzuführen.«

»Du gehst fest davon aus, dass es sich um einen männlichen Verdächtigen handelt, Mona?«

»Diesmal schon. Der Mann, mit dem sich Breder am Abend vor seinem Tod so unüberhörbar gefetzt hat, könnte auch sein Mörder sein.«

Die Ermittler betraten wenig später das Hospital und wandten sich an Dr. Siemers, der Reep behandelt hatte. Der junge Arzt sagte: »Dieser Patient hat großes Glück gehabt. Er ist noch bewusstlos, die Wunde am Hinterkopf sah schlimm aus. Es liegt kein Schädelbasisbruch vor, aber die Gehirnerschütterung war heftig. Er braucht jetzt absolute Ruhe.«

»Wann können wir denn mit ihm sprechen?«

»Davon kann jetzt noch keine Rede sein, Frau Sander. Zunächst einmal muss der Mann aus seiner Bewusstlosigkeit aufwachen, und dann sollte jede Aufregung von ihm ferngehalten werden.«

Das war keine Neuigkeit, die der Kriminalistin gefiel. Natürlich wollte sie nicht Reeps Gesundheit aufs Spiel setzen. Aber es bestand zumindest die Chance, dass er seinen Angreifer erkannt hatte und identifizieren konnte. Immerhin erklärte der Mediziner sich dazu bereit, die Polizisten anzurufen, wenn Reep wieder zu sich kam.

»Wir müssen erst einmal den Chef über die neue Straftat informieren«, stellte Enno fest, als sie das Gebäude an der Gartenstraße wieder verließen.

»Ich kann es kaum abwarten«, witzelte Mona düster.

Oltbeck war verständlicherweise nicht angetan von den Ereignissen, als die beiden dem Chef einige Zeit später in seinem Büro gegenübersaßen. Natürlich hatten sie ihn auch wegen des Drogenfunds bei Clara Nagel auf den neuesten Stand gebracht.

»Und Sie gehen bei Reep wirklich von einem Mordversuch aus?«, vergewisserte sich der Vorgesetzte, nachdem er die Neuigkeiten gehört hatte. Die Kommissare verschwiegen auch Grietjes These vom Beischlafdiebstahl nicht. Die Ermittlungen mussten schließlich in alle Richtungen geführt werden. Diese Annahme schien dem Chef am besten zu gefallen, denn er sagte: »Überprüfen Sie die Damen des Gewerbes, vielleicht verstrickt sich eine von ihnen in Widersprüche.«

»Dafür benötige ich höchstens eine halbe Stunde«, behauptete Mona, »und ich glaube nicht, dass eine dieser Frauen einen nicht getragenen Schuh mit sich herumschleppt.«

Sie erklärte, warum sie die Annahme eines Prostituiertenbesuchs für ein Ablenkungsmanöver hielt, und fügte hinzu: »Momentan sind die Kriminaltechniker ja noch vor Ort, aber ich würde mich sehr wundern, wenn sie ein benutztes Kondom finden. Das wäre ein Indiz, mit dem man mich überzeugen könnte. Aber der Täter glaubte, uns mit einem Schuh hinters Licht führen zu können. Es kann doch kein Zufall sein, dass kurz nach Wilko Breder nun auch der von ihm verurteilte Sören Reep angegriffen wird.«

»Warum haben Sie eigentlich den jüngeren Sohn Lennart Breder noch nicht verhaftet?«, wollte Oltbeck wissen. »Offenbar ist er doch momentan der Hauptverdächtige, was den Mord an seinem Vater angeht. So habe ich Sie jedenfalls verstanden.«

Mona lag die Bemerkung auf der Zunge, dass sie den jungen Mann für unschuldig hielt. Doch sie schaffte es ausnahmsweise, sich zurückzuhalten. Enno sagte: »Wir gehen gleich zu der Familie, um ihn zum Verhör abzuholen. Um diese Uhrzeit wird Lennart noch schlummern.«

»Wollen wir es hoffen«, grummelte der Chef. »Es wäre mehr als peinlich für uns, wenn der Verdächtige zwischenzeitlich entkommen wäre.«

»Wohin hätte er gehen sollen?«, fragte die Kommissarin und fuhr fort: »Seine Freundin sitzt in unserer Arrestzelle, er hat kein Geld und wohnt als erwachsener Mann noch bei seinen Eltern. Ich denke nicht, dass bei ihm Fluchtgefahr besteht. Und falls doch, würde er nicht weit kommen.«

Oltbeck schien kein Interesse an einem Streitgespräch mit seiner temperamentvollen Untergebenen zu haben. Er winkte ab: »Holen Sie sich einfach ein Geständnis des Mörders, damit wir den Fall abschließen können.«

Nachdem die Kriminalisten das Chefbüro wieder verlassen hatten, verdrehte Mona die Augen und fauchte: »Natürlich, wir brauchen nur noch ein Geständnis! Dass wir nicht selbst darauf gekommen sind … da bemerkt man eben die geistige Überlegenheit eines Dienststellenleiters!«

Enno lachte gemütlich und klopfte ihr auf die Schulter. »Ärgere dich nicht über Oltbeck, das ist schlecht für die Gesundheit. – Ich bin übrigens völlig auf deiner Seite, denn auch ich halte Reeps Angreifer gleichzeitig für Wilkos Mörder. Und dass Lennart hinter der Attacke auf den Beikoch steckt, glaube ich schon mal gar nicht. Jetzt müssen wir nur noch die losen Enden zusammenführen.«

»Ich habe große Schwierigkeiten, das Knäuel zu entwirren«, gestand seine Kollegin. Für sie war die Gelassenheit des erfahrenen Oberkommissars oft eine große Hilfe, wenn sie den Überblick zu verlieren drohte. Sie wurde von dem Gefühl beschlichen, etwas Entscheidendes übersehen zu haben. Dadurch verbesserte sich ihre Stimmung nicht gerade. Der Alptraum und das ausgefallene Frühstück hatten Monas Laune ohnehin schon verdorben.

Die Ermittler fuhren zur Reedestraße hinüber. Als Marieke Breder nach Ennos Klingeln öffnete, drang der Duft nach starkem Tee und frischen Brötchen nach draußen. Monas Magen knurrte. Die Witwe würde ihr gewiss kein Frühstück spendieren, darüber machte sie sich keine Illusionen.

»Moin, Marieke. Ist Lennart daheim? – Und mit dir müssen wir auch noch einmal sprechen.«

»Mein Sohn schläft noch. Komm rein, Enno.«

Die Kriminalistin ging einfach davon aus, dass diese Aufforderung auch für sie galt. Sie hatte jedenfalls nicht vor, in dem schmalen Vorgarten stehen zu bleiben. Marieke wollte schon die Treppe hochsteigen, um Lennart zu wecken. Doch Enno hielt sie zurück: »Ich muss dich zunächst fragen, wo du am Abend vor Wilkos Tod gewesen bist.«

Die Witwe blinzelte, sie wirkte überrascht. Dann entgegnete sie: »Was ist das für eine Frage? Da war ich bei der Probe des Kirchenchors, so wie jeden Dienstag. Das hättest du auch von deiner Frau erfahren können, Enno. Birte war nämlich ebenfalls dort.«

»Ja, aber ich wollte es von dir selbst hören. – Und was ist mit deinem jüngeren Sohn?«

Mariekes Gesichtszüge verhärteten sich, aber sie blieb die Antwort nicht schuldig: »Ich nehme an, dass er … jemanden besucht hat. Er ging zusammen mit mir aus dem Haus.«

»Und Harm war noch auf dem Festland, nicht wahr? Also befand sich außer deinem Ehemann niemand von der Familie daheim?«

»Ja, das stimmt. Aber was soll die Fragerei? Zu der Zeit hat Wilko noch gelebt!«

»Wir gehen einem Hinweis nach«, erwiderte der Ostfriese. Er wählte seine Worte bewusst vage, wollte der Witwe keine falschen Hoffnungen machen. Doch nach Monas Ansicht hatte Marieke Breder soeben indirekt bestätigt, dass der pensionierte Richter am Abend des 5. April Besuch von einem Fremden bekommen haben musste – mit dem er in einen heftigen Streit geraten war.

Der Oberkommissar schaute Marieke nun so intensiv in die Augen, als ob er sie hypnotisieren wollte: »Hast du uns nicht noch etwas zu beichten?«

»Was soll der Unsinn?«, lautete ihre Gegenfrage.

»Diesen Brief mit der Morddrohung – den hast du doch selbst geschrieben, oder? Lüg uns bitte nicht länger an, wir finden es sowieso heraus.«

Die Witwe wirkte ärgerlich. Trotzdem war Mona sicher, dass ihr Kollege mit seiner Vermutung ins Schwarze getroffen hatte.

»Also gut, ich gebe es zu!«, platzte sie heraus. »Aber ich musste doch etwas unternehmen, nachdem dieser Kurpfuscher von Arzt einen natürlichen Tod bescheinigt hatte. Und Wilko ist doch auch tatsächlich umgebracht worden, oder?«

Enno sagte: »Ja, das trifft leider zu. Immerhin müssen wir jetzt nicht mehr Zeit verschwenden, indem wir nach dem Drohbriefschreiber suchen. – Weckst du jetzt bitte deinen Sohn?«

Marieke Breder nickte und stieg die steilen Stufen hoch.

»Warum hast du mir nicht früher von dem Termin bei der Chorprobe erzählt?«, raunte Mona ihrem Kollegen zu.

»Weil wir uns noch nicht so intensiv mit diesem Streit am Vorabend des Mordes befasst haben. Jetzt sieht es ganz danach aus, dass der spätere Mörder sein Opfer schon vor der Tat aufsuchte. Er wollte offenbar vermeiden, von Zeugen gesehen zu werden. Also ging er dann zu Wilko, als dieser allein im Haus war. Wenn wir jetzt noch wüssten, worum es bei der Auseinandersetzung ging …«

Es war nicht nötig, dass der Ostfriese diesen Satz beendete. Nun erschien Marieke Breder wieder am oberen Ende der Treppe. Sie wirkte beunruhigt, als sie rief: »Lennart ist nicht in seinem Zimmer!«

Kapitel 18

Mona sah in ihrer Fantasie das Gesicht ihres Chefs vor sich, während er einen Satz aussprach: *So etwas habe ich kommen sehen!*

Doch jetzt war nicht die Zeit für unangenehme Zukunftsahnungen. Die Kommissare eilten ins erste Stockwerk und schauten sich das Zimmer des jungen Mannes an. Er hatte ganz offensichtlich hier übernachtet, zumindest sah das Bett benutzt aus. Die Ermittlerin öffnete den Kleiderschrank. Es hatte nicht den Anschein, als ob Textilien fehlen würden.

»Wann hast du Lennart denn zum letzten Mal gesehen?«, fragte Enno die Mutter des jungen Mannes.

»Gestern Abend … aber heute Morgen habe ich ihn noch durch die geschlossene Tür telefonieren hören … Er muss sich nach draußen geschlichen haben, als ich im Bad war … Lennart wird doch wohl keinen Unsinn machen?!«, stammelte die Witwe.

»Für diese Annahme gibt es nicht den geringsten Grund«, versicherte der Oberkommissar.

Und Mona fragte: »Wo bewahrt er sein Mobiltelefon auf?« Die Kommissarin erinnerte sich nämlich an Lennarts Aussage, dass er nur ein altes Handy besäße, mit dem man ausschließlich telefonieren könnte.

»Auf dem Nachtschrank«, lautete die Antwort. Dort befand sich nun kein Telefon.

»Wir müssen aufbrechen«, sagte Enno. »Sobald wir von Lennart hören, melden wir uns. Und falls er hierher kommen sollte, schickst du ihn bitte direkt zur Polizeistation weiter.«

Marieke Breder nickte. Sie war blass geworden. Die Kommissare verließen das Haus und stiegen in ihren Wagen.

»Oltbeck macht uns einen Kopf kürzer, wenn unser Hauptverdächtiger – besser gesagt: *sein* Hauptverdächtiger – abgehauen ist!«, gab Mona seufzend von sich.

Ihr Kollege schüttelte den Kopf. »Ich bin ganz optimistisch.«

»Das ist ja nichts Neues, mein Bester!«

»Und diesmal habe ich auch allen Grund dazu«, meinte er und ergänzte: »Es ist doch so: Lennart weiß nicht, dass seine Freundin im Polizeigewahrsam sitzt. Vielleicht hat er sie gestern Abend schon angerufen, da sprang wahrscheinlich nur die Mailbox an. Heute Morgen hatte er dann wieder Sehnsucht nach seiner Liebsten und versuchte es erneut. Das Ergebnis war logischerweise das gleiche. Nun sorgte er sich ernsthaft um sie. Er will aber seiner Mutter nicht erklären, wohin er geht. Wir kennen ja Mariekes Abneigung gegen junge Frauen inzwischen zur Genüge. Also schleicht er sich in einem unbeobachteten Moment aus dem Haus. Ich vermute ihn in Claras Wohnung. Es würde mich nicht wundern, wenn er einen Schlüssel hat.«

»So, wie du es erklärst, klingt es sehr schlüssig. – Hoffen wir, dass deine Menschenkenntnis dich nicht im Stich gelassen hat«, erwiderte die Kommissarin.

Vom Haus der Breders in der Reedestraße bis zur Straße Isdobben waren es mit dem Auto nur wenige Minuten. Kaum hatte Enno vor dem Wohnhaus der Bäckereiverkäuferin den Dienstwagen zum Stehen gebracht, als auch schon Lennart Breder auf das Fahrzeug zugestürzt kam. Mona stieg aus. Bevor sie etwas sagen konnte, rief er aufgeregt: »Sie müssen mir helfen, Clara ist entführt worden!«

*

Normalerweise hätte die Kommissarin gelacht, weil die Situation so absurd war. Im ersten Moment fragte sie sich, ob der junge Mann sie veräppeln wollte. Doch seine Besorgnis schien echt zu sein. Wieder einmal wurde ihr bewusst, dass Lennart Breder mit der Wirklichkeit auf Kriegsfuß stand. Er war offenbar nicht auf den Gedanken gekommen, dass die illegalen Machenschaften des jungen Paares aufgeflogen sein könnten.

»Ich kann Sie beruhigen, Clara geht es gut«, versicherte Mona.

Er lächelte und legte die Hände auf seine Brust. »Oh, Gott sei Dank! Aber – wo ist sie denn? Ich versuche schon seit gestern Abend, meine Freundin zu erreichen! Ich habe erst in der Bäckerei nach ihr gefragt, aber heute ist ihr freier Tag.«

»Wir bringen Sie zu ihr.«

Mit diesen Worten öffnete die Kriminalistin die hintere Tür des Wagens. Enno hatte den Wortwechsel natürlich mitbekommen. Es sah so aus, als ob er sich ein Schmunzeln verkneifen müsste. Wenig später parkte er das Auto auf dem Hof hinter der Polizeiwache. Nachdem sie alle ausgestiegen waren, erklärte Mona: »Ihre Freundin wurde übrigens nicht entführt, sondern verhaftet – und zwar von uns. Wir werfen ihr einen Verstoß gegen das Betäubungsmittelgesetz vor.

Und es besteht der Verdacht, dass Sie selbst an diesen Aktivitäten ebenfalls beteiligt waren. Daher nehmen wir Sie jetzt ebenfalls fest. Sie müssen sich selbst nicht belasten und haben das Recht, einen Anwalt hinzuzuziehen.«

Lennart blieb vor Erstaunen der Mund offen stehen. Wenigstens schien er keinen Widerstand leisten zu wollen. Nachdem er seine Schrecksekunde überwunden hatte, brachte er stammelnd hervor: »Clara ... ist hier? Na, Hauptsache, es geht ihr gut! Ja ... ich möchte mit einem Strafverteidiger sprechen, bitte. Das hat mein Vater mir eingeschärft: Falls ich jemals Beschuldigter eines Verbrechens werde, sollte ich mich an einen Profi wenden.«

»Das ist Ihr gutes Recht«, sagte Enno. Er durchsuchte den jungen Mann nun nach Waffen oder gefährlichen Gegenständen, fand aber nichts. Lennart hatte noch nicht einmal sein Schnitzmesser mitgenommen, als er zu seiner Freundin geeilt war. Der Verdächtige durfte nun bei Dr. Karl Lorenz anrufen. Das war ein Emder Rechtsanwalt, der zweimal pro Woche Bürostunden auf Borkum hatte. Es stellte sich heraus, dass Dr. Lorenz bereits an Bord der Fähre war, die um acht Uhr in Emden ablegte. Er würde am späten Vormittag auf der Insel eintreffen und wollte dann direkt zur Polizeiwache kommen. Bis dahin wurde Lennart Breder im Verhörraum platziert. Mona bat Polizeimeisterin Aiske Berend darum, ihm einen Tee und ein paar Schnitten zu servieren. Normalerweise war es ja Grietjes Spezialität, die Verdächtigen mit ihren legendären Jagdwurststullen zu verwöhnen. Doch die freche junge Kollegin hielt sich noch am Tatort auf.

Mona schaute auf die Uhr.

»Bis die Fähre anlegt, ist noch etwas Zeit. Ich würde gern mein ausgefallenes Frühstück nachholen«, bat sie.

»Ich bin dabei!«, gab Enno eifrig zurück.

»Du hast doch bestimmt schon mit deiner Frau etwas zu dir genommen, mein Bester.«

»Ja, aber ich kann dir ja Gesellschaft leisten.«

Die beiden verließen die Polizeistation und gingen zur *Black Pearl* an der Bismarckstraße hinüber. Bei dem schönen Wetter nahmen sie auf der Terrasse Platz. Mona bestellte ein Piratenfrühstück, während ihr Kollege sich scheinbar mit einer Tasse Kaffee begnügen wollte. Doch als die Bedienung Monas Tablett mit dem Rührei, dem Lachs, den Nordseekrabben und den anderen Leckereien brachte, schien er sein Vorhaben bitter zu bereuen.

»Das ist doch mehr, als ich dachte«, meinte die Kommissarin breit grinsend. »Also, falls du etwas abhaben möchtest …«

Das ließ ihr Kollege sich nicht zweimal sagen. Enno bestrich und belegte ein Vollkornbrötchen dick mit Frischkäse und Lachs. Mona nippte an ihrem Tee und dachte laut nach: »Wir sind uns doch einig darüber, dass Lennart seinen Vater wahrscheinlich nicht getötet hat. Also befragen wir ihn nur wegen seiner möglichen Beteiligung an dem Rauschgiftdelikt?«

Der Oberkommissar nickte kauend: »Oltbeck wird darauf herumreiten, dass Lennart kein Alibi für die Tatzeit hat und Wilko vielleicht von dem einträglichen Nebengeschäft der Freundin wusste. Für letztere Annahme gibt es aber keinen Beweis.«

»Und wenn der pensionierte Richter nun noch die junge Frau belästigt hat, Enno? Sie streitet es ab, was aber logisch ist. Wenn sie es zugegeben hätte, wäre dies ein perfektes Mordmotiv für ihren Freund gewesen.«

»Ich würde Lennart eher als einen Zeugen und weniger als einen Verdächtigen betrachten«, meinte der Ostfriese. »Sicher, er schwebt wohl meist in irgendwelchen Fantasy-Sphären. Trotzdem könnte ihm der Mann aufgefallen sein, der Wilko getötet hat. Wir sind uns doch einig, dass diese Tat Planung erforderte. Der Mörder wusste, wann der Ex-Richter allein daheim war. Und er kannte auch Wilkos Gewohnheit, auf der Terrasse frische Luft zu schnappen, während seine Frau zum Einkaufen ging und sein jüngerer Sohn entweder noch pennte oder bei Clara war. Es gibt an der Reedestraße in der Nähe dieses Hauses nicht viele gute Versteckmöglichkeiten. Lennart ist auf jeden Fall eine Person, die einen Fremden bemerkt haben *könnte*.«

Nachdem die Kommissare das Frühstück beendet hatten, bezahlte Enno – der Großteil der Mahlzeit war nämlich bei ihm gelandet. Sie kehrten zur Wache zurück und erfuhren, dass Dr. Lorenz bereits mit seinem Mandanten sprach. Die Ermittler kannten den Rechtsanwalt seit Jahren. Er war ein nüchtern wirkender Mann, der eher an einen Buchhalter als an einen Staranwalt erinnerte. Mona fand ihn etwas farblos, doch sie wollte ja nicht mit ihm flirten. Außerdem wusste sie es zu schätzen, dass Dr. Lorenz sie im Gegensatz zu einigen seiner Berufskollegen nicht zu provozieren versuchte. Es dauerte nicht lange, bis die Kommissare zu Lennart und seinem Strafverteidiger in den Verhörraum gerufen wurden. Der junge Mann war damit einverstanden, dass die Befragung als Audiodatei mitgeschnitten wurde. Enno machte noch einmal deutlich, worum es konkret ging.

Dr. Lorenz sagte: »Mein Mandant gibt an, seine Freundin Clara Nagel zu den BTM-Delikten angestiftet zu haben. Eine Beteiligung an der Ermordung seines Vaters Wilko Breder streitet er ab.«

Der Stimme des Rechtsanwalts war unmöglich anzuhören, ob er Lennart glaubte. Mona bezweifelte stark, dass die Initiative für den Drogenschmuggel von ihm ausgegangen war. Schließlich war es Clara, die über die nötigen Verbindungen verfügte. Er wollte sie offensichtlich schützen, indem er die Schuld größtenteils auf sich nahm. Dies war zwar ein Liebesbeweis, brachte aber den Mordfall überhaupt nicht voran. Die Kommissarin wandte sich direkt an den Verdächtigen: »Wir haben Ihnen schon einmal die Frage gestellt, ob Ihr Vater zu einer oder mehreren Personen auf Borkum Kontakt hatte. Ist Ihnen während der letzten Tage vor dem Mord ein Fremder in der Umgebung Ihres Elternhauses aufgefallen?«

»Darüber habe ich seit unserem letzten Treffen intensiv nachgedacht, Frau Sander. Leider …«

Er unterbrach sich, weil nun Monas Smartphone klingelte. Sie war sauer auf sich selbst, weil sie es nicht stumm geschaltet hatte. Das tat sie normalerweise bei Verhören. Doch der Anruf konnte ja wichtig sein. Sie machte eine entschuldigende Geste und verließ schnell den Raum. Annegret Schaller war am Apparat.

»Moin, Frau Sander«, sagte die Nachbarin der Breders. »Ich war gestern in Emden und kam heute mit der Fähre zurück. Und weil Sie sagten, dass vielleicht noch weitere Dinge wichtig sein könnten … oder haben Sie den Mörder schon verhaftet?«

Nun komm mal auf den Punkt, dachte Mona ungeduldig. Sie sagte: »Nein, die Ermittlungen laufen noch. Was wollten Sie mir denn nun mitteilen, Frau Schaller?«

»Auf der Fähre werden ja immer so kleine Werbefilme gezeigt, die haben Sie bestimmt auch schon gesehen … Und da gibt es jetzt eine neue Reklame für den *Hummerhafen*, dieses schicke Restaurant … der Inhaber spricht ein paar Sätze, preist sein Lokal an. Und ich bin mir sicher, dass ich seine Stimme wiedererkenne. Er war es, der an dem Abend mit Herrn Breder gestritten hat!«

Kapitel 19

»Sie sprechen von Lars Mohl?«, hakte die Kriminalistin nach. Einen Moment lang hatte sie überlegt, ob die Anruferin sich über sie lustig machen wollte. Doch diese Möglichkeit schloss sie aus. Erstens schätzte Mona Frau Schaller persönlich nicht so ein, und zweitens gehörte sie einer Generation an, die noch Respekt vor der Polizei hatte.

»Ja, so lautet wohl sein Name. – Haben Sie die Werbung auch schon gesehen, Frau Sander?«

»Nein. Ihr Hinweis ist auf jeden Fall sehr hilfreich, wir werden ihm nachgehen. Bitte behalten Sie die Information bis auf Weiteres für sich.«

Mit diesen Worten beendete die Kommissarin das kurze Telefonat. Sie musste sich unbedingt mit Enno beraten. Konnte der Restaurantbesitzer wirklich der Mörder des Richters sein? Was für ein Motiv hätte er haben können? Angeblich war es doch Wilko Breder selbst gewesen, der sich für ein Arbeitsverhältnis des ehemaligen Strafgefangenen Reep eingesetzt hatte. Und was hätte Mohl dazu bewegen können, bei diesem Mann einen Tötungsversuch zu unternehmen?

Mona begriff, dass ihr noch einige Verbindungsstücke fehlten, bevor sich ein deutliches Bild ergab. Sie betrat wieder den Verhörraum.

»Wir bedauern die Unterbrechung. – Enno, ich muss dich dringend sprechen!«

Der Oberkommissar erhob sich von seinem Stuhl und verließ das Zimmer. Sie berichtete ihm aufgeregt, was sie soeben erfahren hatte. Er nickte langsam und meinte: »Annegret Schaller ist keine Wichtigtuerin. Wenn sie sagt, dass sie Mohls Stimme wiedererkennt, dann ist zumindest sie selbst zutiefst davon überzeugt. – Wir sollten uns den Herrn noch einmal vorknöpfen.«

»Einverstanden, aber was machen wir mit Lennart Breder?«

Der Ostfriese antwortete: »Nun, er ist geständig, was das BTM-Delikt angeht. Den Mord leugnet er, was verständlich ist, da offenbar jemand anders der Täter ist. Wir können ihn und Clara Nagel jetzt auf freien Fuß setzen, Flucht- und Verdunkelungsgefahr sehe ich nicht mehr als gegeben an.«

Damit war die Ermittlerin einverstanden. Die beiden kehrten in den Verhörraum zurück, um den Verdächtigen und seinen Anwalt zu informieren. Lennart schien über Claras Freilassung erleichterter als über sein eigenes zukünftiges Schicksal zu sein. Mona versprach, das schriftliche Protokoll der Befragung später dem jungen Mann und seinem Rechtsbeistand zur Prüfung und Unterschrift vorzulegen. Nachdem diese Formalitäten erledigt waren, wollten die Kommissare aufbrechen. Sie planten, Mohl ohne vorherige Ankündigung aufzusuchen. Er würde sich um diese Uhrzeit entweder in seinem Lokal oder seiner Wohnung befinden. Doch bevor sie aufbrechen konnten, ertönte wieder ein Klingelton.

»Diesmal ist es mein Apparat«, stellte Enno fest und fischte sein Smartphone aus der Tasche. Das Telefonat beschränkte sich auf wenige Worte: »Ach, wirklich, Herr Doktor? Gut, wir kommen sofort!«

Er steckte das Gerät wieder ein.

»Lass mich raten – Dr. Siemers hat sich gemeldet«, vermutete Mona.

»Ja, richtig. Reep will unbedingt mit uns sprechen. Der Arzt ist nicht begeistert davon, aber sein Patient besteht darauf.«

»Das ist verständlich – schließlich befindet sich der Mann, der ihm ans Leben wollte, noch auf freiem Fuß«, erwiderte die Kommissarin.

Die Ermittler fuhren nun also zunächst zum Krankenhaus, wo der junge Mediziner sie bereits erwartete. »Herr Reep will Ihnen unbedingt etwas mitteilen«, erklärte Dr. Siemers. »Da er noch sehr schwach ist, möchte ich Sie bitten, die Unterredung auf das absolut Notwendige zu beschränken.«

»Sie können sich auf uns verlassen«, beteuerte Enno.

Der Arzt nickte und führte die Kommissare höchstpersönlich zu dem Krankenzimmer, das der Verletzte für sich allein hatte. Reep hatte einen dicken weißen Kopfverband. Er saß in halb aufrechter Position in seinem Bett. Unter seinen Augen waren dunkle Schatten zu erkennen, die einen starken Kontrast mit seiner blassen Gesichtshaut bildeten.

»Wir fassen uns kurz, Herr Reep«, versicherte Mona. Sie stellte sich links neben das Bett, ihr Kollege ging auf die andere Seite. Sie fragte: »Wer hat Sie so schwer verletzt?«

»Das weiß ich nicht, denn ich wurde im Schlaf überrascht«, brachte er krächzend hervor. Nach einer kurzen Pause fügte er hinzu: »Es kann aber nur Mohl gewesen sein, mein Chef.«

»Warum hätte er das tun sollen?«

Diesmal mussten die Kriminalisten noch etwas länger auf eine Antwort warten. Reep sagte: »Ich habe Mohl ausspioniert, sein Geheimnis enttarnt.«

Trotz seines schlechten Zustands konnte Mona ihm anhören, dass er stolz darauf war. Sie hakte nach: »Was meinen Sie damit?«

»Das Geld von Harm Breder kommt aus schmutzigen Quellen, der Sohn des Richters hat Dreck am Stecken. Und Mohl sollte die Kohle reinwaschen, indem sie in sein Restaurant investiert wurde.«

Ob diese Behauptung stimmte? Das würde sich überprüfen lassen, das Landeskriminalamt hatte für solche Fälle Finanzexperten. Die Kommissarin interessierte sich für einen anderen Aspekt: »Wie kamen Sie dazu, Mohls Geheimnis aufzudecken?«

»Wilko Breder hat mich beauftragt. Darum sorgte er dafür, dass ich einen Job im *Hummerhafen* bekam. Der Richter meinte, dass ich von innen so etwas viel leichter herausfinden könnte als ein Bulle mit einem Durchsuchungsbeschluss.«

Ein Haftentlassener als heimlicher Zuträger eines pensionierten Richters? Diese Behauptung war so ungewöhnlich, dass sie der Ermittlerin schon dadurch einleuchtend erschien. Trotzdem war sie nicht zufrieden: »Sie haben bisher davon kein Sterbenswörtchen gesagt, Freundchen! Hätten wir früher davon erfahren, dann wäre Mohl auf Platz 1 unserer Verdächtigenliste vorgerückt. Warum packten Sie nach dem Tod des Richters nicht aus?«

Nun schwieg Reep, aber der Oberkommissar hatte ihn durchschaut.

»Sie haben Ihren Chef erpresst, oder?«

»Ja, Herr Moll.«

Die Lider des Verletzten flatterten. Dr. Siemers kam herein und sagte: »Sie müssen nun bitte gehen, mein Patient braucht Ruhe.«

Für den Moment hatten die Kommissare ohnehin genug gehört.

Kapitel 20

Die beiden gingen schweigend zu ihrem Dienstwagen. Mona fand erst die Sprache wieder, als sie auf dem Beifahrersitz Platz genommen hatte: »Wir hätten die Finanzen des Restaurants schon längst überprüfen müssen, Enno!«

»Bist du sicher, dass wir Verdacht geschöpft hätten? Ich nicht. Es gab keine Anzeichen dafür, dass es dort nicht mit rechten Dingen zugeht. – Und dass Mohl mit Christina Völler im Bett war, machte ihn auch nicht verdächtig. Sie wird ihm wohl kaum geflüstert haben, wessen uneheliche Tochter sie ist. Und außerdem war ihr Vater schon tot, als sie sich mit dem Restaurantbesitzer einließ.«

»Das stimmt. Es macht mich nur sauer, wenn ich einen Mörder direkt vor meiner Nase habe und er mir nicht verdächtig erscheint«, meinte die Kommissarin.

»Bis vor ein paar Minuten hatten wir bei Mohl kein glaubwürdiges Motiv gesehen«, unterstrich der Ostfriese, »und ein Haftentlassener als Informant eines pensionierten Richters ist mir in meiner langjährigen Polizeilaufbahn noch niemals untergekommen. Irgendwann ist es eben immer das erste Mal.«

Die beiden fuhren zur Wohnung des Mörders. Er war offenbar völlig arglos. Zumindest lächelte Mohl, als er den Ermittlern die Tür öffnete.

»Moin, was kann ich denn heute für Sie tun?«

»Wir verhaften Sie wegen des dringenden Tatverdachts des Mordes an Wilko Breder und des Mordversuchs an Sören Reep. Sie müssen sich nicht selbst belasten und haben das Recht auf einen Anwalt.«

Während ihr Kollege den Verdächtigen nach Waffen oder gefährlichen Gegenständen durchsuchte, behielt Mona ihn genau im Auge, wobei sie die Hand auf den Griff ihrer Pistole legte. Sie rechnete mit einer heimtückischen Attacke, denn Mohl hatte nun nichts mehr zu verlieren. Doch momentan deutete nichts auf einen aggressiven Ausbruch hin. Er schien in eine Schockstarre verfallen zu sein. Das hatte die Kriminalistin schon bei einigen Tätern erlebt – vor allem bei solchen, die sich ungeheuer ausgekocht vorkamen und der festen Meinung waren, die Polizei austricksen zu können. Aber was wäre gewesen, wenn der Beikoch den feigen Angriff nicht überlebt hätte? Auch dann wäre Mohls Versuch, Reep für immer zum Schweigen zu bringen, sinnlos gewesen. Frau Schaller hatte Mohls Stimme gehört und konnte sie ihm zuordnen. Mona verfolgte diesen Gedanken nicht weiter, denn Reep *war* am Leben. Und er würde gewiss aussagen, obwohl er sich durch die versuchte Erpressung selbst belastete.

Die Kommissare fuhren mit Mohl zur Polizeiwache und schafften ihn direkt in den Verhörraum. Der Verdächtige erklärte sich damit einverstanden, dass die Befragung per Audiodatei aufgezeichnet wurde.

»Wollen Sie einen Rechtsanwalt hinzuziehen?«, erkundigte Enno sich.

Mohl antwortete nicht sofort. Er schien nachzudenken.

»Mein Kollege hat Ihnen eine Frage gestellt!«

»Ja, Frau Sander. Das habe ich gehört. Ich habe nur überlegt, ob es für mich noch einen Ausweg gibt. Ehrlich gesagt fällt mir keiner ein.«

»Also geben Sie zu, die Ihnen zur Last gelegten Taten begangen zu haben?«, wollte die Kommissarin wissen.

Der Mörder setzte ein süßsaures Lächeln auf und erwiderte: »Wenn ich einen Sündenbock finden könnte, würde ich nicht Nein sagen. Haben Sie eine Idee?«

»Lassen Sie den Unsinn!«, fauchte Mona.

Enno sagte: »Die Tatausführung war ja in den beiden Fällen höchst unterschiedlich. Wie kam es dazu?«

»Sie wissen ja, dass Harm Breder mein Geschäftspartner ist. Durch ihn erfuhr ich von der Herzkrankheit seines Vaters. Ich hoffte, dass als Todesursache fälschlicherweise ein Herzinfarkt festgestellt werden würde.«

Das hätte ja auch beinahe geklappt, dachte Mona. Sie fragte: »Sie haben offenbar gezielt hohen Druck auf den *Nervus vagus* ausgeübt. Wie kamen Sie auf diese Idee?«

»Ich habe mal ein paar Semester Medizin studiert. Und ich erinnerte mich an eine Anatomievorlesung, wo der Professor uns die Wichtigkeit dieses Nervenstrangs für die Sauerstoffzufuhr zum Gehirn einbläute.«

Mohl hatte sich von seinem ersten Schock erholt. Er sprach nun mit einer Selbstgefälligkeit, die der Ermittlerin auf den Wecker ging. Sie stellte fest: »Bei der zweiten Tat sind Sie viel plumper vorgegangen. Haben Sie wirklich geglaubt, wir würden auf den inszenierten Beischlafdiebstahl hereinfallen?«

Der Täter zuckte mit den Schultern und antwortete: »Offensichtlich ist das nicht geschehen. Die Lackpumps hatte ich noch im Schrank stehen. Ich wollte sie ursprünglich einer Dame schenken, die mich schon vor Monaten verlassen hat. Und ich hätte mich sorgfältig vergewissern müssen, dass Reep nicht mehr lebt. Ein peinlicher Schnitzer, der mich nun die Freiheit kostet.«

»Sie hätten vielleicht doch besser Ihr Studium abschließen sollen.« Diese Bemerkung konnte Mona sich nicht verkneifen. Enno sagte: »Sie haben uns nun erzählt, wie die Taten durchgeführt wurden. Aber wir wissen noch nicht, wie es dazu kam.«

»Am 2. April kam Wilko Breder zu mir ins Restaurant. Ich ahnte nichts Böses, als er sich mir vorstellte. Ich glaubte, dass er sich den *Hummerhafen* einfach nur anschauen wollte. Sein älterer Sohn war immerhin stiller Teilhaber. Doch dann ließ der Alte die Katze aus dem Sack: Er hätte angeblich Beweise dafür, dass in meinem Lokal Schwarzgeld gewaschen würde. Er setzte mir eine Frist, um mich bei der Polizei zu stellen.«

»Haben Sie ihm geglaubt? Wilko Breder hätte ja mit seinem Wissen direkt eine Strafanzeige stellen können«, gab der Oberkommissar zu bedenken.

»Genau das habe ich mir auch überlegt, Herr Moll. Ich glaubte zunächst an einen Bluff und gab zum Schein nach. In Wirklichkeit rief ich sofort Harm an. Mein Partner fiel aus allen Wolken und beteuerte, dass er gegenüber seinem Vater dichtgehalten hätte. Falls dies stimmte, dann musste ich einen Maulwurf in meinem Restaurant haben.«

»Was taten Sie als Nächstes?«, fragte Mona.

»Ich begann damit, Wilko Breder zu beobachten. Er hatte ja feste Gewohnheiten, das war nicht schwer. Und natürlich habe ich mich gefragt, warum er mir eine Frist gesetzt hat. Heute ahne ich, was für einen Grund er gehabt hat.«

»Nämlich?«

»Harm Breder steckt ja genauso tief in unseren kriminellen Geschäften wie ich, Frau Sander. Das musste dem Alten bewusst sein. Die Berufsehre des Ex-Richters ließ es nicht zu, dass er selbst seinen Sohn davonkommen ließ. Aber wenn Harm durch mich gewarnt würde, hätte er noch abhauen können, bevor die Polizei aktiv wurde.«

»Aber Harm Breder ist nicht geflohen«, stellte die Kommissarin fest. »Haben Sie ihn in Ihre Mordpläne eingeweiht?«

»Natürlich nicht! Blut ist dicker als Wasser, wie man so schön sagt. Wilko war immerhin sein Vater. Ich wollte nicht riskieren, dass Harm deswegen die Nerven verliert. Darum war es mir ja so wichtig, den Tod des Richters wie einen Herzinfarkt aussehen zu lassen.«

Enno fragte: »Warum haben Sie eigentlich Ihr Opfer am Abend vor dem Mord aufgesucht?«

Mohl schien überrascht. Er antwortete: »Davon haben Sie erfahren? Dabei bin ich sehr bemüht gewesen, dass mich niemand beim Betreten des Hauses bemerkt. – Ursprünglich wollte ich Wilko Breder schon bei der Gelegenheit umbringen. Doch plötzlich war ich mir nicht mehr sicher, ob nicht sein jüngerer Sohn ebenfalls anwesend war. Es gab Geräusche, die ich nicht zuordnen konnte. Inzwischen glaube ich, dass nur das Holz gearbeitet hat. Das wäre in dem alten Kasten ja nicht verwunderlich. Jedenfalls überraschte der Alte mich. Er schrie mich an, was ich in seinem Zuhause verloren hätte. Ich behauptete, einen Aufschub aushandeln zu wollen. Aber er schien mir nicht zu glauben. Wir wurden beide laut. Ich haute schließlich ab und sagte, dass ich mich am nächsten Morgen bei der Polizei stellen wollte.«

»Stattdessen haben Sie den pensionierten Richter getötet«, stellte Mona fest. Sie hakte nach: »Was ist eigentlich mit dem angeblichen Einbruch bei Ihnen? Den haben Sie selbst inszeniert, oder?«

»Erraten, Frau Sander. Selbst einem Verbrechen zum Opfer zu fallen, schien mir eine clevere Idee zu sein. Aber Sie hatten mich ja lange Zeit sowieso nicht im Verdacht, oder?«

Keiner der beiden Ermittler ging auf die Bemerkung ein. Stattdessen sagte der Oberkommissar: »Und wie kam es zu Ihrem Anschlag auf Sören Reep?«

»Ich befürchtete ja schon, dass der Alte ein U-Boot in meinem Betrieb hatte. Diese Annahme wurde zur Gewissheit, als der Beikoch einen Tag nach Breders Tod zu mir kam und behauptete, mit dem Ex-Richter unter einer Decke zu stecken. Und er sagte mir auf den Kopf zu, Breder ermordet zu haben. Er würde aber schweigen, wenn ich 100.000 Euro ausspuckte.«

»Das hatten Sie natürlich nicht vor.«

»Wundern Sie sich darüber, Frau Sander? Erpresser sind wie Kletten, die wird man nie wieder los. Ich spielte auf Zeit und behauptete, erst ein Bankdepot auflösen zu müssen. Der Idiot ließ sich damit abspeisen. Dann überlegte ich mir, wie ich ihn am einfachsten um die Ecke bringen könnte. Er ist ein bulliger Kerl, mit dem nicht gut Kirschen essen ist. Ich dachte, dass er im Schlaf wehrlos wäre. Ich kenne natürlich auch die Adresse seiner Unterkunft. Da schien mir die Variante mit der Hure, die ihn totschlägt und ausraubt, am glaubwürdigsten zu sein.«

»Das hat ja nun nicht geklappt«, stellte Mona fest. Ob sie dem Mörder unter die Nase reiben sollte, dass er mit der Halbtochter seines Opfers geschlafen hatte? Sie entschied sich dagegen. Diese Information trug nichts zur Wahrheitsfindung bei, und außerdem hatte sie die Nase voll von dem selbstgefälligen Verbrecher. Sie atmete tief durch, als Enno wenig später das Verhör beendete und Polizeimeister Hinderk Ekhoff den Mörder in die Arrestzelle brachte. Mohl sollte noch am selben Tag nach Emden geschafft werden, wo ein Haftrichter über die Verhängung von Untersuchungshaft entscheiden würde. Der Ostfriese faltete die Hände über dem Bauch und schmunzelte.

»Was amüsiert dich so, mein Lieber?«

»Wenn ich daran denke, dass Frau Schaller Mohls Stimme in dem Werbespot auf der Fähre erkannt hat ...«

»Ja?«

»... da soll nochmal jemand behaupten, dass Reklame nicht wirkt!«, vollendete Enno seinen Satz. Die beiden Kommissare brachen in ein befreiendes Gelächter aus.

ENDE

Ostfrieslandkrimi-Empfehlungen
des Klarant Verlages

Lernen Sie die Ostfrieslandkrimi-Serie **»Mona Sander und Enno Moll ermitteln«** von **Sina Jorritsma** kennen:

Friesische Inselidylle? Von wegen! Auf der ostfriesischen Insel Borkum lösen Kommissarin Mona Sander und ihr Kollege Enno Moll knifflige Mordfälle. Die emotionale Kommissarin geht bei der Verbrecherjagd gerne ihren eigenen Weg und scheut dabei kein Risiko … Bei der Krimireihe der Autorin Sina Jorritsma ist Hochspannung garantiert!

In der Serie sind bereits folgende Ostfrieslandkrimis erschienen:

»Friesenbraut«, Band 1
Taschenbuch-ISBN: 978-3-95573-557-9
eBook-ISBN: 978-3-95573-556-2

Auf der ostfriesischen Insel Borkum verschwindet eine Braut kurz vor der Eheschließung. Zunächst glauben die Kommissare Mona Sander und Enno Moll noch an einen dummen Streich. Aber wenig später wird das blutverschmierte Brautkleid gefunden. Ist die dunkelhaarige Schönheit einem Gewaltverbrechen zum Opfer gefallen? Die Inselkommissare finden Indizien, die aber nicht zusammenpassen. Hat der undurchsichtige Exfreund der Braut seine Hände im Spiel? Wer war an den geheimen Sex-Spielen im Ferienhaus beteiligt? Und welches Interesse verfolgt der machtbesessene zukünftige Schwiegervater? Dann findet die Polizei eine Leiche – und muss feststellen, dass die Dinge ganz anders sind, als sie auf den ersten Blick scheinen. Die Mörderjagd versetzt nicht nur die friedliche Nordseeinsel in Aufruhr, sondern wird auch zur persönlichen Herausforderung für Mona Sander. Sie wird selbst zur Zielscheibe des Mörders …

»Friesenkreuz«, Band 2
Taschenbuch-ISBN: 978-3-95573-552-4
eBook-ISBN: 978-3-95573-600-2

»Friesenlauf«, Band 3
Taschenbuch-ISBN: 978-3-95573-553-1
eBook-ISBN: 978-3-95573-618-7

»Friesenflirt«, Band 4
Taschenbuch-ISBN: 978-3-95573-542-5
eBook-ISBN: 978-3-95573-541-8

»Friesenwahn«, Band 5
Taschenbuch-ISBN: 978-3-95573-622-4
eBook-ISBN: 978-3-95573-623-1

»Friesenstalker«, Band 6
Taschenbuch-ISBN: 978-3-95573-688-0
eBook-ISBN: 978-3-95573-701-6

»Friesenjuwel«, Band 7
Taschenbuch-ISBN: 978-3-95573-764-1
eBook-ISBN: 978-3-95573-765-8

»Friesenwrack«, Band 8
Taschenbuch-ISBN: 978-3-95573-796-2
eBook-ISBN: 978-3-95573-797-9

»Friesenbarbier«, Band 9
Taschenbuch-ISBN: 978-3-95573-833-4
eBook-ISBN: 978-3-95573-832-7

»Friesenstrand«, Band 10
Taschenbuch-ISBN: 978-3-95573-875-4
eBook-ISBN: 978-3-95573-876-1

»Friesenlist«, Band 11
Taschenbuch-ISBN: 978-3-95573-934-8
eBook-ISBN: 978-3-95573-935-5

»Friesenblues«, Band 12
Taschenbuch-ISBN: 978-3-95573-954-6
eBook-ISBN: 978-3-95573-955-3

»Friesenanker«, Band 13
Taschenbuch-ISBN: 978-3-96586-009-4
eBook-ISBN: 978-3-96586-010-0

»Friesenkoch«, Band 14
Taschenbuch-ISBN: 978-3-96586-105-3
eBook-ISBN: 978-3-96586-106-0

»Friesenwürger«, Band 15
Taschenbuch-ISBN: 978-3-96586-146-6
eBook-ISBN: 978-3-96586-145-9

»Friesentango«, Band 16
Taschenbuch-ISBN: 978-3-96586-164-0
eBook-ISBN: 978-3-96586-172-5

»Friesenbrauer«, Band 17
Taschenbuch-ISBN: 978-3-96586-201-2
eBook-ISBN: 978-3-96586-202-9

»Friesendiebin«, Band 18
Taschenbuch-ISBN: 978-3-96586-276-0
eBook-ISBN: 978-3-96586-277-7

»Friesenpoker«, Band 19
Taschenbuch-ISBN: 978-3-96586-321-7
eBook-ISBN: 978-3-96586-322-4

»Friesenleiche«, Band 20
Taschenbuch-ISBN: 978-3-96586-355-2
eBook-ISBN: 978-3-96586-356-9

»Friesentrick«, Band 21
Taschenbuch-ISBN: 978-3-96586-408-5
eBook-ISBN: 978-3-96586-409-2

»Friesenschatz«, Band 22
Taschenbuch-ISBN: 978-3-96586-450-4
eBook-ISBN: 978-3-96586-451-1

»Friesenmagier«, Band 23
Taschenbuch-ISBN: 978-3-96586-485-6
eBook-ISBN: 978-3-96586-486-3

»Friesenruine«, Band 24
Taschenbuch-ISBN: 978-3-96586-513-6
eBook-ISBN: 978-3-96586-514-3

»Friesenraub«, Band 25
Taschenbuch-ISBN: 978-3-96586-549-5
eBook-ISBN: 978-3-96586-550-1

»Friesenrichter«, Band 26
Taschenbuch-ISBN: 978-3-96586-560-0
eBook-ISBN: 978-3-96586-561-7

Klarant Verlag

Lernen Sie die Ostfrieslandkrimi-Titel des Klarant Verlages kennen und besuchen Sie uns im Internet unter:

www.ostfrieslandkrimi.de

und

www.klarant.de

Sie können dort Näheres über unsere Autorinnen und Autoren erfahren, viele weitere interessante Bücher und eBooks finden und Leseproben herunterladen. Mit dem kostenlosen Newsletter auf

www.ostfrieslandkrimi-lesen.de

erhalten Sie aktuelle Informationen rund um das Verlagsprogramm, wie beispielsweise spannende Neuerscheinungen und Gewinnspiele.